濱地健三郎の呪(まじな)える事件簿

有栖川有栖

角川文庫
24489

目次

リモート怪異

とんでもないことになってきた。

テレビの画面を通して大規模なテロや地震・津波は目の当たりにしたが、二十五年近く生きてきて、こんな事態に直面したのは初めてだ。しかも、ただ目撃しただけではなく、わが身も巻き込まれてしまっている。

心霊現象を専門に扱う探偵事務所の昼下がり。志摩ユリエの嘆息を受けて濱地健三郎は――。

「わたしだって初めての経験だよ。厄介なことになった」

三十代前半なのか五十代に手が届いているかも判らない年齢不詳のボスは、窓際のデスクでコーヒーを飲みながら応えた。いつもながらの穏やかな口調で、時折、オールバックの髪を撫でつける。

彼にとっても初めての経験。それはそうだろう。スペイン風邪とやらが世界中で猛威をふるったのは第一次世界大戦の頃だというから、濱地が想像をはるかに超えて高齢だったとしても生まれているはずがない。

政府は四月七日に緊急事態宣言を出し東京都を含む七都府県に外出自粛を要請した。期間は一ヵ月ということだが、延長される可能性もある。その時点で国内の感染者は三千八百人超、死亡者八十人。医療体制が持続できるか懸念されだしていた。

「緊急事態宣言だなんて、戦争が始まったみたいですね。中国やヨーロッパでやっているロックダウン。都市封鎖でしたっけ？　そんな威圧的な言葉も初耳です。疫病だなんて歴史の本の中だけの話だと思っていたのは迂闊でした」

ユリエは、ふだんは緊張の面持ちで依頼者が座るソファに腰掛けてマスクを取り、ボスにお付き合いしてコーヒーを飲んだ。ここに勤めるようになってコーヒーを口にする回数がめっきり多くなった。

本日の書類仕事はすべて片づき、このブレイクが終わったら退所するだけ。外出を自粛するようにとのお達しを政府が発したため、明日からは在宅勤務となる。探偵事務所のリモートワークがどういう形のものになるのか、うまくイメージできないのだが。

「新型のウイルスというのは、いつどこから出てくるか予測がつかない。人類は常に脅威にさらされているわけだが、そんなことを常に気にしていたら心安らかに生きていけないから、志摩君に落ち度はないよ。――それで、カミュの『ペスト』はどうだった？」

中国・武漢で発生し、COVID–19と名付けられた新型コロナウイルス感染症が世界各国に広がりをみせるようになる中、アルベール・カミュの『ペスト』がベストセラーになっているというのを聞いて読みだしたことをボスに話していた。まさに昨夜読み終えたという絶妙のタイミングで感想を求められる。霊能力やら推理力が卓越しているだけでなく、相変わらず勘も鋭い。

「肺炎を引き起こす新型の感染症とペストは致死率が段違いだし、医学の水準がずっと低かった七十年以上前に書かれた小説ですけれど、街に伝染病が蔓延していく怖さはすごく伝わってきました。感染が広がる前、鼠の死骸が目立ちだすところなんか、パニック小説のオープニングみたいで」

いちいち濱地に報告していなかったが、致死性のウイルスのせいで人類が滅亡の危機に瀕する小松左京のSF『復活の日』も読んでいた。さすがに人類滅亡は小説の世界の出来事よねぇ、と思いながらページをめくったのだが、作中に〈たかがインフルエンザで〉という表現が繰り返し出てきたのには驚いた。今回のパンデミックが始まった当初、安心したい市民はもとより文化人の看板を掲げている訳知り顔の者の中にも「たかが風邪で騒ぎすぎ」という声があったことを思うと、一流の知性はやはり想像力の強靭さが違うな、と感心せずにはいられなかった。

「これから古典や歴史の本を読む時、疫病のことが出てきたら感じ方が変わると思います。昔の人は大変だったねぇ、と他人事じゃなくなりました」

「未知の伝染病が登場したら、薬がないのだから昔も今も同じだ。人間はいつの時代もウイルスの顔色を窺いながら危ない橋を渡っている」

「人類が克服した感染症って、天然痘だけなんですね。江戸時代で言う疱瘡。テレビで言ってました」

「どんな人間が生き延びるかはウイルスが決めている。われわれは目に視えないものに支配されているわけだ」

常人には視えないものを視られる探偵は静かに言った。彼の助手を務めているうちにユリエにもそんな特殊能力が具わるようになったが、まだまだボスの域にはほど遠い。

「あのぉ」と言ってから、少しためらう。「……色んなお店が休業に追い込まれて困っていますけれど、うちは大丈夫でしょうか？」

濱地は落ち着き払ったものだ。

「わが社のことなら心配は無用。こんな状況が一年も二年も続いたら倒れてしまうけれど、当面はやっていける。いや、一年ぐらいは平気かな。質の悪い感染症が広まっても、わたしの依頼人が絶えることはない」

「それは……まあ。コロナウイルスが流行っている間は幽霊も活動を自粛する、ってことはありませんものね。この事務所を訪ねにくくなっても、電話で依頼を受け付けることができるんだし」

心霊探偵のささやかな事務所は千客万来ではなかったが、コンスタントに仕事が舞い込み、場合によってはかなり高額の報酬を得ることもある。今年に入ってから大きな案件が二つあったので、現在の事務所には余裕がありそうだ。

「だから志摩君は安心して。調査にもあまり支障は出ないだろう。われわれが出向く先は、往々にして大勢の人で賑わったりしていない」

「それも……まあ。いざとなれば、先生から依頼人や調査対象の元へ足を運ぶ、ということですね？　わたしも自宅を飛び出してお供します」

「必要があればね。それより、資料の整理とデータベース作成を頼んだよ。こんな機会でなければできないことだから」

ここでユリエがあらたまって頭を下げたので、濱地は「どうしたんだい？」と訝しげにする。

「資料の整理。データベース作成。先生がわざわざ作ってくれたお仕事ですよね。わたしを雇い止めにしないで済むように。ありがとうございます」

ボスはまたオールバックの髪を撫で上げ、曖昧に笑った。

「誤解があるようだ。それらの業務は不急のものではあるけれど不要じゃない。以前からまとめたいと思いながら果たせなかったんだ。きみの雇用を守るためにわざわざ作った用事ではないので、出来はしっかりチェックするよ」

そう聞いて、やっとユリエは破顔できた。濱地はさらに言う。

「調査に同行してもらう件だが、大いにあり得るな。むしろこんな状況下だからこそ、依頼は増えるかもしれない」

「だったらうちの事務所は安泰ですね。でも、依頼が減るどころか増えるだなんて、まさか疫病が悪い幽霊を呼び込むんですか?」

「いやいや、そうじゃない。ヨーロッパ各国の首脳や都知事が盛んに言っているだろう。ステイホーム。お家にいましょう、と。そのせいで家庭内暴力や児童虐待が増加するのではないか、と懸念する向きもある。わたしたちが扱う厄介事も、ステイホームの影響で顕在化することが予想されるんだ。在宅の時間が大幅に長くなることによって、これまで気に懸けていなかったものに住人の意識が向いたり、おとなしくしていた何かが環境の変化に反応して目覚めたり——とか」

「えっ。外に出られないのに、そんなことになったら怖すぎます」

「困るだろうね」

思ってもみないことだった。この緊急事態下で、そのような禍を案じている者は彼以外に一人もいないのではないか。もし、ただでさえ心細い時にそんなことが起き、恐怖に直面する人がいるのならば、微力ながら自分もぜひ役に立ちたい、と希わずにいられなかった。

「コーヒー、ごちそうさま。今日はもう帰ってもいいよ。忘れ物をしないように」

「はい。お先に失礼します」と言ってユリエはマスクをつける。

午後四時前に事務所を出て、古びたビルの二階の窓を見上げると、濱地の背中があった。依頼人から報酬としてもらったエミール・ガレのランプスタンドを黙々と布で拭いているようだ。名残りを惜しむわけではないが、しばらく眺めていた。

やがて歩きだし、裏通りから甲州街道に出ると、道行く人の数が数日前と比べて明らかに減っている。新宿駅南口に向かう途中ですれ違う人々は、ほとんど皆がマスク姿だ。街全体が表情を曇らせ、暗色は昨日よりさらに深まっていた。

「どう？」

パソコンに向かって、ユリエはまず問い掛ける。画面の中で進藤叡二はにっこり笑った。

「もう元気ですよ。心配させて、すみませんでした」

漫画研究会で一緒だった大学時代のまま、彼は〈です・ます調〉で応える。現在は恋人の一歩手前ぐらいの親密さで付き合っているというのに、一つ年下だからといって律儀すぎるが、ユリエがことさら先輩風を吹かしているでもなし、彼の性格からくるものだから仕方がない。

「やっぱり新型コロナじゃなくて、ただの風邪だったのね。ああ、よかった」ひとまず胸を撫で下ろす。「時期が時期だけに、そりゃ心配だった。二十代前半だったら重症化しにくいってニュースじゃ言ってるけれど、例外もあるから」

「新型コロナは鼻水が出ないと聞いていたので、当初から違うと思ってました」いったん見切れて、洟をかむ音がする。「失礼しました。まだティッシュの箱が手元から離せません」

「お大事にね」

リモートワークを始めるのをきっかけに、通信アプリを使いだした。濱地とは日に一度は画面を通じてやりとりをしているが、外出が法律で全面禁止になったわけでもなく、叡二とは控えめに会えると思っていた。それなのに彼が風邪を引いたせいで、画面越しに話すことになってしまうとは。

叡二とは何度かドライブをしたことがあるが、会って食事をするばかりで、互いの家に行き来したりはしていない。彼がどんな部屋に住んでいるのか、今回のことで初めて知った。

といっても、叡二の背後に映っているのはワンルームマンションの白っぽい壁と本棚の一部だけ。スチール製の棚に並んでいる雑誌類にはまるで統一感というものがないから、ライター仕事で書いた記事の掲載誌だろう。漫画原作者として名を成すことを志している彼だが、今は雌伏の時を送っている。

「志摩さんの方はどうですか？　慣れない在宅勤務」

「やっぱり体が楽ね、通勤がないって。精神的にも余裕ができる。ただ、自分の部屋にいると誘惑が多くて、だらけそうになるから気をつけないと」

「だらけたりしないでしょう。志摩さんは根が真面目だから、がんばりすぎないようにしてくださいよ。フリーランスのライターからの忠告です」

随分と人間性を高く評価されているようで面映ゆい。外出がしにくくなったせいか、このところ読書欲が異様に高まり弱っているというのに。伝染病に関するものを続けて読んだから、今はネット書店で取り寄せたミステリーを五冊ばかり枕元に積み上げている。

「わたしは濱地先生のおかげで失職しないで済んでいるけれど、フリーランスは大変じゃないの？」

気になっていることを訊いた。彼が困窮していても助けの手を差し伸べるのは難しいのだが。

「東京オリンピックに合わせて出るはずだったムック本の企画がポシャったり、影響はあります」

「去年のクリスマスもその取材で働いてたのに、残念だね」

叡二は気落ちしたふうでもなく、さばさばした顔だ。

「なけなしの貯えを取り崩したりもしていますけれど、バンドマンや役者さんみたいに仕事がゼロになったりはしていません。去年の後半に働いた分の原稿料が今になって振り込まれたりしているし。とはいえ暇は増えたから、この機会を逃さず腰を据えていい漫画原作を書くつもりです」

表情が引き締まったよ、きみこそ真面目だねぇ、とユリエは思った。

「先生から『現場に出動だ』とかいう連絡はないんですか？」

叡二は、漫画原作の取材のために濱地の探偵談を聞いたことがあるし、ユリエが引き込んでゴーストハントを手伝ったこともある。そのせいもあって心霊探偵を「先生」と呼ぶ癖がついていた。

「まだない。昨日は一件だけ電話で相談があったんだけど、てきぱきと自分で処理したんだって。午前中のビデオ通話でそう言ってた」

ボスはいつものデスクに向かい、いつものように英国スーツに身を包み、濃紺のネクタイを締めていた。お気に入りのランプスタンドが画面の端に入るように調整していたのが微笑ましかった。

「速攻で処理ですか。さすがだな」

「四十分ぐらい話しただけで一件落着。電話だけで簡単に片づいたのでお代はもらわなかったって」

「どんな相談だったんですか?」

「深刻な案件でもなかったから、しゃべってもいいか」

依頼人は五十代の女性。仮にKさんとしておこう。知人から濱地のことを聞いたことがあり、すがる思いで電話をかけたのだという。Kさんは、緊急事態宣言下であることに怯えていた。

「進藤君、口裂け女って知ってるよね?」

「僕らが生まれるずっと前に、子供の間で流行った有名な都市伝説でしょ。学校帰りにマスクをした女が近寄ってきて、『わたし、きれい?』と尋ねてくる。何度かホラー映画にもなってますよね」

「それ。『はい』と答えたらマスクをはずして、耳まで裂けた口を開いて『これでも?』と迫ってくる」

もう四十年ほども前の騒動だから、当時のKさんは小学生だった。無性に恐ろしくて、放課後はびくびくしながら下校した。怖い噂話はほどなく沈静化し、彼女も中学生になって日暮れの道を恐れることもなくなったのだが——それがここにきて突然ぶり返した。

「五十歳を過ぎたいい大人が、昔の恐怖を思い出したんだって。ほら、最近はみんなマスクをして歩いているじゃない。そんな風景が引き金になったんだろうな。口裂け女にばったり出くわしそうで怖い、どうすればいいか、と相談してきたの」

叡二は「はあ」と脱力した表情をしてみせる。

「それって心霊探偵のところに持ち込む相談ですかね。心底怖いのなら、心療内科とかでカウンセリングを受けるのが先のような……」

「先生もそう思いながら話に耳を傾けて、相手にたっぷりしゃべらせてから応えたそうよ。そもそも口裂け女とは何か、について。――ちょっと待って。面白かったからメモをしたの」

走り書きしたメモを参照しながら、濱地のカウンセリングを再現する。

「口裂け女の都市伝説は一九七八年に岐阜県で発生したと言われていて、翌年の春には日本中を騒がせ、夏頃からフェイドアウトしていったみたい。マスクをした女が『わたし、きれい？』と訊いてきて、『はい』と答えたらマスクをはずして『これでも？』だし、『いいえ』と答えても駄目。鋏や刃物で口を切り裂かれたり、殺されたり、食べられたりしてアウト。逃げたらものすごい速さで追ってくる。季節によっては夕暮れ刻に下校しなくちゃいけない子供にしたら、たまらないね。口が裂けている理由、知ってる？　一説によると整形手術に失敗したから。そんなことが理由でダークサイドに堕ちたとは知らなかった。陰惨で嫌な感じ」

「そういうものって、広まっていく過程で色んなバリエーションが生まれるんでしょう？　口裂け女は三姉妹だっていうパターンをオカルト好きの人から聞いたことがありますよ」

「三人とも手術に失敗したとか、そのうちの末っ子一人が町をうろついているんだとか、バリエーションはいっぱいあるのよね。三という数や数字が意味を持つのは物語によくあることだけど、地名に三がつく場所に出没するとも言われたそうよ。もし本当だったら、わたしが住んでるの三軒茶屋だから、やばいって」

　マスクをしているという基本のスタイルにも様々な要素が加えられた。赤いベレー帽をかぶっているだの、白いパンタロンを穿いているだの、赤いスポーツカーで現われるだの。

「口裂け女に質問されたら、どう答えても助からないんですか？」

「美人でも不美人でもない『普通』とか『まあまあ』って返事ならセーフ。このへんは、いかにも子供の発想って感じかな。襲ってきたら、『ポマード、ポマード、ポマード』とか『大蒜、大蒜、大蒜』って三回唱えると退散するとかね。あっ、鼈甲飴をあげるという防御法もあった。どれも意味不明」

インターネットがなかった時代のこと。岐阜県で生まれたこの怪談は、歩くぐらいの速さで日本中に伝播していく。子供たちの間の騒動はやがて社会問題にまで発展し、マスコミも大きく取り上げた。そのせいで騒ぎはなお盛り上がったのだろうが、噂話には寿命があり、テレビに流れ始めて少ししたところでピークに達したとも言える。

一九七九年六月には、兵庫県姫路市で口裂け女のメイクをして出刃包丁を持って歩いていた女が逮捕されるという珍事件も起きていた。知人を驚かせるための悪戯が警察沙汰になってしまったのだ。

口裂け女にまつわる雑多な情報の羅列を、画面の中の叡二は興味深そうに聴いていた。ユリエの話が一段落したところで——。

「それで、濱地先生はどうやって依頼人の不安を取り除いてあげたんですか?」

「いないものについて、いないことを証明するのは難しいよね。Kさんだって、半ば自分で呆れながら怯えているわけだし。先生は、口裂け女について『ありましたねぇ、そんなことが』と話を合わせてあげたの。四十年前を懐かしむように」

「……濱地先生、いくつでした?」

「前から言っているとおり、それは謎。先生本人によると、電話で顔が見えないのをいいことに依頼人と同世代のふりをした、と」

この「ふり」という本人の弁が怪しい。実際に幼少のみぎりに口裂け女を恐れる体験をしていないとも言い切れないのだ。

「どんな感じで話したのか、再現してみてくれた。ほお、と溜め息を交えながら、『わたしも臆病な方でしたから、必ず同じ方角に帰るクラスメイトと帰宅しました。マスクをした女の人を見たら、なりふり構わず走って逃げたなぁ』という調子。嘘八百ということなんだけど、先生は感心するほどそれらしく話してた」

「志摩さんも上手ですよ」

「全然、あんなものじゃない。わたし、思わず『先生は俳優をしていたことがあるんですか？』と訊いてしまったもん。昔の映画スターっぽい雰囲気があるなぁ、と前から思っていたせいもあって」

「雰囲気あるある。——答えてくれました？」

「にやにやしながら『どうだろうね』と、はぐらかされた。年齢、経歴、プライバシー全般は謎のまま。ガードが堅い」

濱地がそんなふうに話すものだから、Kさんもだんだんリラックスしていき、口裂け女に怯えた日が遠い記憶へと押し戻されていったという。さらに探偵は、かの都市伝説についてそれらしい論評を並べたそうだ。

「『口裂け女を追い払うのに大蒜を連呼したのは、子供にもお馴染みの吸血鬼撃退法からのいただきでしょうね。ポマードについては、こんな説明をした人がいます。子供が恐怖の対象とした口裂け女は、怒ると怖いお母さんが象徴化したもの。お母さんが唯一怖がるのはお父さんだから、その象徴であるポマードを恐れた。しかし、家庭内における父親の権威なんてものは一九七〇年代にはとうに失墜していたはずで、この説はいただけません』なんてね。評論家ぶってそんなことを言われたら、そりゃ恐怖も醒めるでしょう」

「つまり、先生は……雑談の相手をしてあげることで依頼人の悩みを解決してあげた、ということですか」叡二は最後に変な声を出す。「ふあ」

「真剣な依頼を雑談に変えてしまうことで解決した、と言うべきかな。恐怖の物語を、あなたとわたし共通の想い出話に変換してから、わざとチープな論評を付け足して怖さを抜いてしまう。姫路で起きた悪戯騒ぎについても話して、ワイドショーのコメンテイターっぽく適当にしゃべるわけよ。『子供がきゃっきゃと怖がっていた物語に大人が首を突っ込んできて、テレビや新聞が商売のネタにし、挙句に警察に捕まるという情けない大人まで出てしまう。そこまでいった時点で都市伝説は勢いを失い、擦り切れて、ブームが終焉を迎えたわけですよ』という具合に」

「なるほど。通俗的な評論っぽくまとめられたら怖くも何ともない」

「でしょ？　そんなふうに恐怖を擦り切れさせる手もあるのか、と勉強になった。

『とっさによくそんなスマートな対応ができますね』と言ったら、先生は『とても楽だったよ』と笑ってた。楽だったのだとしても、問題を解決する方法を編み出して依頼人を安心させてあげたんだから、いくらかお金をもらってもよさそうなものなのに、その点に関しては欲がないのよね。趣味や道楽で探偵事務所を開いているわけでもないのに」

非難するつもりはないが、少しもったいない気もする。無欲であるということは、濱地探偵事務所の経営状態には余裕があるのだろう、と解釈することにした。そうであればユリエにとっても喜ばしい。

通話が長くなって、叡二を疲れさせているかもしれない。まだ話し足りない気もしたが、このあたりで切り上げるのがよさそうだ。

「じゃあ、もう元気そうだけれど養生してね。しっかり睡眠を取って」

「ありがとうございます。マスクやアルコール消毒液はしっかり確保してあるそうですけれど、志摩さんも気をつけて」

またおいしいものを食べに行こうね、きれいな景色も見に行きたいね、と言って終わりにした。

「お久しぶり。元気そうじゃない、ユーリー」

パソコンの画面で、若生実貴子は軽く手を振った。相変わらず石原さとみを追っているんだな、というヘアスタイルである。得意の小顔メイクも怠っていない。

大学卒業後に一年ほど勤めた興信所で世話になった六つ年上の先輩である。後輩の面倒見がよく、在職中は手取り足取り親切に指導してくれた。退社した直後に、「こんな探偵事務所が人を募集しているらしいんだけど」と世にも珍しい今の仕事を紹介してくれた人物でもある。

ユーリーと呼ばれたのは約一年ぶりだ。実貴子には周囲の誰彼かまわず愛称をつける癖があり、変な呼び方をして同僚を怒らせることもあった。

「ご無沙汰しています。若生さんこそお元気そうですね」

ユリエの言葉に、うんうんと頷く。

「世間は大変だけど、くよくよしてばかりもいられないでしょう。家にいる時間が増えたのを利用して、手品かジャグリングの練習でもしようかと思ってる。将来、何かあった時に大道芸に活路を見出せるかもしれないから。ひっ」

鼻筋が通った美人なのに、引き攣った声で短く笑うのも彼女の妙な癖だった。

「ユーリー、きれいになったんじゃない？　うちにいる時もきれいだったけどさ。彼氏ができたのかな？」

どこまで本気か判らないことを言われた。

「またまた。わたしなんか、若生さんの足元にも及びませんよ。以前よりは、のびのび働けているから肌の艶（つや）はいいかもしれません」

「よけいなことで苦労してたもんね、あなた。――まずは乾杯しよう、乾杯。用意してあるよね」

　缶ビールをグラスに注ぎながら促すので、ユリエも「準備できていますよ」と応えて、発泡酒のプルタブを開けた。画面越しに乾杯を交わす。ひと口飲んでから、かつての先輩は申し訳なさそうに言った。

「昨日、急にメールしてごめんね。びっくりしたでしょう。今日は付き合ってくれてありがとうね。ユーリーがどうしているかなぁ、と思って」

「全然かまいませんよ、そんなの。若生さんがわたしのことを思い出してくれたのは、在宅時間が長くなって人恋しくなったせいですか？」

「それもあるかな。でも、こんなことにならなくてもユーリーのことが気になっていたのよ。濱地さんのところ、わたしが紹介したわけだから、うまくやっているかどうか」

　と言って、グラスを傾ける。

「おかげさまで、なんとか馘首（くび）にならずにやっています」

「羽振りがよさそうね。すごい家に住んでいるじゃない」

こちらの背後を覗き込むふりをしておどける。ユリエはどうしても生活感がにじんでしまう部屋を見られたくないので、開いた窓から庭のプールが見える高級ヴィラの写真を壁紙に使っていた。もう午後九時を回っているのに壁紙は昼間の情景だから、リゾートホテルに宿泊中なのか、と勘違いをするはずもない。

「こんな家にリアルで住めたらいいんですけれどね。若生さんみたいなマンションに引っ越せたら万々歳です」

実貴子が暮らしているのは独りで住むには贅沢なほどゆったりとした3LDKのマンションで、少人数のタコ焼きパーティに招かれたことがあった。あのリビングの大きなソファに掛けて、パソコンに向かっているようだ。画面に映っていないテーブルの上には各種つまみが並べてあるらしく、飲んで話しながらピーナッツやサラミを口に運ぶ。

「築三十年のこの程度の部屋でいいの？　日当たりが悪くて安いのが取り柄。わたしの年収じゃ、これが限界ね。OGなんだからうちの待遇についてはよく知ってるでしょう」

「そっちはどうなんですか？　同業でも、うちは特殊すぎるので様子の見当がつきにくいんです」

「何とかやってるよ。新型コロナの影響で仕事がなくなっちゃうんじゃないか、と心配していたけれど、うちは週刊誌のスクープのお手伝いだとかも手掛けているし、新規の依頼もぽつぽつ入ってきているの。こういうご時世ならではの依頼もね。飲食店やコンビニのアルバイトがなくなってしまったので、こそこそ外出する娘がよからぬ小遣い稼ぎに手を出していないか調べてくれ、だとか」

「へえ、そんな依頼もあるんですか」

「うん。リモートワークで済む仕事をしているのに、『社判が要るから』と言って、しょっちゅう出社する夫の尾行調査なんかもある。皆さん、秘密を持ちたがるから興信所の仕事は尽きないね」

　上司が鬱陶(うっとう)しく所内の人間関係にも嫌気が差して辞めたが、実貴子の他にも気の合う人がいた職場だ。窮状にないと知って安心した。

「あらためて訊くけれど、ユーリーは今の職場には満足しているのね？」

「待遇にも不満はないし、仕事も面白くてやりがいがあります」

「なら、よかった」

「気に懸けてくれていたんですね」

「そりゃ、ね。紹介しておいてなんだけど、何しろ心霊探偵だから。わたしだって、どんなところかよく知らなかった」

「紹介してくれた時、ちゃんと『自分もよく知らないんだけど』と言ってましたよ。

わたしはそう聞いた上で採用面接を受けたんです。……実際のところ、若生さんは濱地先生についてどこまで知っていたんですか？」

「面識がある、という程度。一度会っただけ。話したでしょ？」

「はい。あれがすべてなんですね」

「そう。変な出会い方よね」

〈捜さないでください〉という置き手紙を遺して家を出た十九歳の娘を連れ戻して欲しい。そんな依頼人の求めに応じて調査を進めた若生実貴子は、十日目に居所を突き止めるのに成功する。都内某所のワンルームマンションに身を寄せていたのだ。部屋の所有者は海外に赴任中で空き部屋のはずなのに、何故かそこに居着いている。どうしたことかと事情を探っている最中に、濱地と鉢合わせした。

　依頼人がふた股を掛けて他の探偵も雇っていたのかと思ったら、そうではない。彼は別の案件を調査しているうちに、その娘にたどり着いたのだと言う。そして、「手を出さないでいただけますか」と実貴子に頼んだ。はい、判りました、と承知できるわけがない。探偵同士で悶着が起きかけたのだが、ものの半日もしないうちにすべてが解決する。

『あの娘さんに憑いていたものは落としました。連れて帰っていただいて結構です』なんて言うから、ぽかんとなった。くわしく説明してもらおうとしたら、『守秘義務に抵触するので、それはできかねます』よ。冗談ではなさそうだったので、怖い気もしたんだけれど、自分が知らない世界があるらしいことに、ちょっとわくわくした。そんな話をするのが見るからに胡散臭いおじさんだったら馬鹿らしいだけだったかもしれないけれど、濱地さんってダンディで、どこか謎めいているじゃない。ああいう人に言われたら、とんでもない話も信じてみたくなるでしょう。ある種のロマン」

　濱地は、実貴子に強い印象を残したのだ。その娘を保護する段取りについて話しているうちに互いに気持ちが打ち解けたのか、彼はぽつりと洩らしたのだという。

「『人手が足りなくてね。何もかも独りで切り回しているのですが、もしもあなたのところに事務所を移りたがっている人がいたら、紹介してもらえるとありがたい』って言うの。その時は聞き流したわ。でも、ユーリーが辞めてからふと思い出してね。濱地さんは特異な事案ばかり扱うみたいだし、具体的にどんな調査を請け負っているのかも知らなかったけれど、紹介するのはアリだと思った。あなたは、うちの非紳士的な所長の傲慢さと不公平さ、それが原因の所内の澱んだ空気が嫌になって辞表を書いた。探偵の仕事が合わなかったわけじゃなく、むしろ未練があった。だったら、同業他社に転職して紳士的な上司に付けばいいんじゃないか、って」

　質問されたわけではないのに、ユリエは「はい」と答える。実貴子は自分のことをよく理解してくれていた。

「今の事務所を紹介してくれたことを感謝しています。濱地先生は紳士ですよ。まだ一人前になっていないのに、待遇もいくらかよくなりました」

その代わり、他の探偵事務所では体験できない刺激的かつ冒険的な案件を扱うこともあります、ということは伏せた。

「上辺だけうまく取り繕う男もいるけど、あの人はそうじゃないと思った。ユーリーに教えず、わたしが転職すればよかったかなぁ。ひっひっ」

探偵として腕利きであるのみならず、実貴子は精神的にタフだ。職場内のごたごたについても、「人間喜劇だと思って観察してたらいいの。ここの人たちは拳銃をぶっ放したり刃物を振り回したりもせず、不仲な相手と嫌みを飛ばし合うだけだから可愛いものでしょ」と笑っていた。

実貴子は二本目のビールをグラスに注いでから、「それで」と言う。

「お宅の濱地健三郎先生は、実際のところ何歳？」

やはり年齢が気になっていたのか。

「永遠の謎に終わりそうです。そばにいても判りません」

「隠すってことは老けてるのかな。でも、動作は若々しかったし……うーん、変な人であることも確かだな。椅子から立ち上がる時に『よいしょ』と言ったりしないでしょう？」

「しませんね。わたしはよく言いますけれど」

「ひっひっ、わたしも言う」急に真顔になって「ところで、お宅はマジで幽霊だの呪いだのを扱っているの？」

「はい」と答えるしかない。実貴子は今さら驚いたりしなかった。

「ふぅん、この世知辛い世界にロマンはあったんだ。ロマンは大事」

「ロマンなんでしょうか？　人間のどろどろした面が凝縮されたものに直面することもありますよ」

「探偵だからね。そりゃ直面しまくるでしょう。だけど、きっとそれだけじゃない。これはわたしの想像にすぎないけれど、逆に……なんて言うか、人間への愛着が深まるとか。死生観が変わったりもしない？」

「若生さんだって探偵なんだから、人間のどろどろと向き合って、日々、感じることがありますよね。基本的に同じですよ。人間が憐れに思えることもあれば、可愛く思えることもあって、色々です。幽霊が視えるようになってから自分の死生観がどう変化したかっていうのか、まだうまく説明できません」

実貴子の動きが止まったので、ユリエは自分が口を滑らせたことに気づき、はっとなる。相手はゆっくり顔を突き出してくる。

「幽霊が、視えるように、なったの？」

ごく自然にしゃべってしまったので、冗談ですよ、と否定しづらい。曖昧な笑顔はイエスと答えたのも同然で、白状することにした。

「濱地先生と行動をともにするうちに……それらしいものが少し。以前は視えなかったものが視えるようになりました」

「つまりそれって幽霊のことよね。子供の頃からそんな素質があった？」

「全然。……いや、おかしな気配を感じることはあったかな。それが普通のことだったのかどうか、もう判らなくなりました」

実貴子はソファの背もたれに上体をぶつけ、反動でまた身を乗り出してきた。

「びっくりね。心霊探偵を手助けしているうちに、ユーリーがユーレーを視るようになったとは。これまでどんなものを視たのか教えて」

「業務上の秘密です」

「差し障りのない範囲で言えるでしょ。誰にも言わず、ここだけの話にするから」

亡くなった人の姿がぼんやりと視える、とだけ話した。

「解像度は？　顔立ちが判るぐらい？」

「判る場合もありますよ。その似顔絵を描くのも仕事です」

「ああ。あなた、大学時代に漫研だったたって言ってたものね。そうか、幽霊の似顔絵を描いて濱地さんのお役に立っているんだ。幽霊を視る才能も開花させたし、いい人材を紹介したものね、わたし。——どんな案件を扱うのか聴きたいなぁ」

　濱地探偵事務所を紹介してくれたことに恩義を感じているので、つれなくするのも気が引ける。守秘義務に留意し、潤色を施しながら二、三の例を話した。実貴子はそれで満足し、もっと話せ、と迫ってきたりはしない。

「興味深いな。そんなことって、あるんだね。正直言って、全部まるごとは信じられないけれど」

「半信半疑でかまいませんよ。立場が逆だったら、わたしでも鵜呑みにはしないでしょう」

「ところで、依頼人はどこでどうやって濱地さんのことを知るの？　ウェブサイトもないし、駅に怪しげな看板を出しているわけでもないのに」

　この疑問にはありのまま答えた。どういうわけだか、濱地の助けが必要になった人は、この事務所の電話番号を耳にするのだ、と。実貴子は笑っていた。

「神秘にもほどがあるわねぇ。もう一つ質問。ミステリアスな探偵は、どんなふうにして案件を解決させるの？　悪い幽霊の居場所を突き止めて、呪文を唱えたりするのかな」

「とても柔軟です。懇々と説得したり、相手の最後の希望をかなえてあげたりしてお引き取り願ったり、わたしには理解できない精神の働きで消してしまったり。——これ以上は企業秘密なので言えません」

「うーん、ついて行けなくなってきたかな。要するに、何でもアリなのね。何でもできるんだ」

「何でも、というわけではないと思いますけれど。いつも手際がいいですね。この前なんか、居もしないものを怖がっている人の不安をカウンセリングで取り除いてあげたりしていたようですよ」

口裂け女に怯えた依頼人にどう対処したのかを話すと、実貴子は「へえ」と感心していた。

「多芸なんだ。濱地さん、ますます面白い。身辺でお化けや幽霊絡みのトラブルが起きたらお願いするわ」

「若生さんのまわりでは、そういうことはあまり起きないように思いますけれどね」

「どうして？」

少し心外そうにする。

「いえ、その、変なものがまとわりつく隙がなさそうというか……」

「ロマンがない女に見えているのかな？」

「心霊現象は別にロマンでもありません。先生によると、ただの〈現象〉です」

実貴子は手にしていたグラスをカタンと置き、やにわに口調を改めた。声が低くなっている。

「わたし、怖い目に遭ったの。外出自粛が始まってから。あんな〈現象〉は聞いたこともなかった」

話の流れからすると、心霊現象に関係しているのだろうか。思い出しても恐ろしくて寒気がする、というように実貴子は腕を交差させて両肩を抱いた。

「夜も更けてきたところでする話じゃないかもしれないけれど、心霊探偵の助手で幽霊の似顔絵を描いているユーリーなら平気よね。聴いてもらうわ」

実貴子は真剣な表情になっており、嫌です、と拒めそうにない。聴かせてもらうことになった。


わたし、オンライン飲み会っていうのを企画したの。外で飲み歩けないとなると、無性に飲み会の雰囲気が恋しくなってさ。職場の人たちに声を掛けたら、三人が「参加する」と手を挙げてくれた。あんまり人数が多いのもやりにくそうじゃない。四人ぐらいがちょうどいいかな、と思って、やった。

五日前。金曜日の夜だった。

めいめいが食べるものとお酒を用意して、午後七時にスタート。リモートの飲み会は初めてだったけれど、違和感はなかった。どんな不便に耐えているか、コロナが終息したら何がしたいか、といった他愛もない話に花が咲いて、和やかな会になったのよ。

参加者の最年長は経理の高道さん。タカヴィッチのことはユーリーも知ってるよね。呑兵衛だから、ほいほい乗ってきてくれた。

わたしと同い年の伏見芳彰も知ってるか。フッシーが不動産会社の営業マンから転職してきたのは、あなたが辞めるひと月ぐらい前だったから。残る一人は半年前に入ったシエラちゃん。愛称じゃないよ。お母さんがフィリピン人で、香芝シエラっていうの。未経験者だけれど筋がよくて、いい探偵になりそう。この子は、ユーリーと同い年かな。

みんなご機嫌で楽しかった。フッシーがマイクを握るふりをしながら「ああ、このままカラオケに雪崩れ込みたいなぁ！」って叫びだすぐらい。ほんと、カラオケなんていつになったら行けるんだろう。

タカヴィッチは、最初から速いピッチで飲んでた。奥さんが三歳のお子さんを連れて実家に戻っているから、「せいぜい家の中で羽を伸ばすぞ」とか言って。奥さんが里帰りをしているのは、脚に怪我をしたお母さんの世話とお子さんの〈コロナ疎開〉を兼ねてのことなんですって。

シエラちゃんも意外と酒好きだった。パスタを食べながらワインをぐいぐい。いかにもおいしそうに飲むのが可愛かった。

　タカヴィッチだけは「部屋が散らかってるんでね」と、ＳＦ映画の宇宙基地みたいな壁紙を使っていたけれど――和室で座椅子に座っていたらしい――、他の三人の背景はありのままの自宅。フッシーは「これが、おれという男です」と棚の美少女フィギュアを隠さないし、シエラちゃんの部屋はオリエンタルな装飾で統一されていてセンスがよかった。プライベートな空間を見せ合うと親密さが増すね。あ、ユーリーに皮肉を言ったつもりはないよ。壁紙だってネタになるから。

　会社の愚痴だとか誰かの蔭口だとかは出なくて、みんなうまく話題を選んでた。好きな食べ物の話とかね。あれは罪がなくていいよ。料理や食べ歩きの参考になる情報が得られるし、好みの話にすぎないから話がどっちに転んでも誰も傷つけない。わたし、前からそう思っているんだ。

　なんてことを言ったら、タカヴィッチが「誰も傷つけない話が他にもある」と言うんで、何なのか訊いたら「怪談だよ」。

　そうかもね。お化けが出てきて怖かったとか、不思議なものを見たけれどあれは何だったのかとか、人畜無害とも言える。ま、中には人を不愉快にさせる怪談もあるかもしれないけれど。

「怖い話はやめましょう。今晩、寝られなくなります」とシエラちゃんが言ったら、タカヴィッチは「子供みたいだね」と笑う。でも、シエラちゃんは本気で言ったわけでもなくて、むしろ面白がっていたのが判った。フッシーが「高道さん、何か怖い話を知っているんですか？」と言ったので、短いのを披露してくれたわ。「あまり怖くないかもしれないけれど」と断わってから。

五年ほど前。まだお子さんがいなかった頃の話なんだって。お彼岸過ぎの気持ちが晴れ晴れするような秋の日に、奥さんと高尾山方面に出掛けて、麓の町をぶらぶら散策していた時のこと。小ぢんまりとした墓地のそばを無言で通り過ぎてから、奥さんが眉を顰めて「お墓で何を騒いでいたのかしらね」と不愉快そうに言う。わけが判らず「何のこと？」と尋ねたら、「さっきの墓地で大勢の声がしていたじゃない。酒盛りでもするみたいに、わあわあと。なんて非常識なのかしら。聞こえていたでしょう？」。タカヴィッチは、びっくりした。静かで心が落ち着く、と思っていたから。そう言ったら、「嘘っ！　あれが聞こえなかったはずがない」「鳥が啼いているだけで静かなものだった。ふざけているのか？」って口論になっちゃったそうよ。

「それだけのこと。別に恐ろしくはなかっただろう？　妻があんまり強く言い張るので、ぼくは頭から冷たい水を浴びたように、ぞーっとしたけれどね」と淡々と話す語り口がリアリティを感じさせて、ちょっと怖かった。

そこから怪談話で盛り上がったかというと、そうじゃない。タカヴィッチの期待に反して他の三人に怖い話の持ちネタがなかったから。

怪談に話題を引き寄せられなくて、がっかりしたわけでもないだろうけど、そのうち首が前に折れて、居眠りを始めたの。ほら、ユーリーも知っているでしょう。タカヴィッチって、日本酒をぐいぐい飲んでいるうちに、すーっと寝てしまう癖があるのを。

呼びかけても目を開けない。オンライン飲み会だから、肩を揺すって起こすことも毛布を掛けてあげることもできない。あー、寝ちゃったね、そのうち目を覚ますだろう、って三人でおしゃべりを続けた。旅先での失敗談やら、話がぐるっと回って新型コロナへの不安やらを、だらだらと。フッシーが派手なくしゃみをして、「失礼。オンラインじゃなかったら唾の飛沫が飛んで、みんなの顰蹙を買いまくっただろうね」とかやってた。

そうしたらさ。

そうしたら――。

ウイルスとは何か、みたいなことを今さらのようにフッシーが解説して、説明がまずいところをシエラちゃんが鋭く突っ込むという掛け合いを聞いているうちに、おかしなものに目が留まったの。

フッシーは青っぽい布張りのソファに座っていたんだけど、その背もたれに人間の指みたいなものが視えた。ソファの後ろに誰かしゃがんでいて、背もたれに指を掛けているようだった。

いつからあったのか？　知らない。話に夢中になっていたら、背景にちょろっと入り込んだものなんて気がつかないじゃない。指の先だけが背もたれに掛かっているんだし。

何かと見間違えているのかと思って目を凝らすと、微かに動いていた。虫みたいに蠢くの。もぞもぞと。

「若生さん、どうかしましたか？」

シエラちゃんに訊かれた。わたしの様子が見るからに変だったのね。フッシーの背後におかしなものが映っていることを言おうとしたら、なくなっていた。

目の錯覚だったのかな、と思ったわ。人間の指先にしては妙に小さかったしね。でも、指でなければ何だったんだろう、と怪訝に思っていたら、フッシーが「いいかな？」とウイルスについての話を再開する。

そうしたらね――。

指みたいなものが、また視えたの。ううん、みたいなものじゃなくて、確かに指。さっきはフッシーに向かって左側に現われたけれど今度は右側で、第一関節が曲がって爪があるのも判った。小さくて、子供の指に視えた。

「フッシー、後ろに誰かいる？」

わたしは、彼の話を遮って尋ねた。ぽかんとされたわ。

「この部屋にはおれしかいないよ。えっ、若生さん、どうしたの？」

彼は半笑いだった。わたしがマジなのかふざけているのか判らず、どんなリアクションをしたらいいのか、戸惑っているみたいに。

わたし、ソファの背もたれに掛かった指が動くのをじっと視ていた。フッシーは、ちょっと後ろを振り返って、「何もないけど」。形式的に振り向いただけで、あんなに視線が高かったら視えるはずがない。

指は尺取り虫みたいに這い上がってきて、親指が視えるようになる。ああ、左手なんだ、と思っていたら、次は彼の左側から小さな右手が出てきた。誰かが潜んでいることをフッシーに教えなきゃ。

「ソファの後ろに人が隠れてる。背もたれに両手を掛けてるよ」

上ずった声で言ったら、彼は腰を上げてソファの裏を覗き込む。また半笑いで「誰もいるわけないって」という返事。両手が背もたれに掛かったままなのに。

彼は、座り直して、「若生さん、即興で怪談を創ろうとしてる？」だって。

シエラちゃんは苦笑していた。わたしの冗談が見事にスベった、と思われたみたいで、淋しい気がしたものよ。

指は、するりと引っ込んだ。引っ込むところを確かに視た。

茫然とするわたしに、フッシーとシエラちゃんが呼びかけてきたけれど、応答できなかった。わけが判らず、頭が混乱しちゃったせいで。

「おれを標的に選んだのが失敗だよ」ってフッシーは言う。「どうせなら香芝さんに向かって『後ろに誰かいるよ』とやればよかったのに。そしたら『きゃーっ!』だったよ」

シエラちゃんはシエラちゃんで、「酔いが回ってきましたか?」よ。酔ってる自覚はまったくなかった。いえ、事実、わたしは完全に正気で、酔っ払ったりしてなかったの。

場の空気が白けかけたので、フッシーが温め直そうとした。「そりゃ、まあ、おれは色んなものを背負っている男だけどさ」なんて調子で。

そんな軽口は無駄だった。

彼の後ろに、何かがせり上がってきて、わたしは悲鳴を呑み込んだ。よく叫ばず我慢したものよ。

子供だった。長めの前髪をはらりと垂らした、十歳ぐらいの男の子の顔が半分ぐらい、ソファの上に出てきて、目が合いそうになったわ。その子がパソコンの画面を覗いたから。

「あなたの後ろに……子供がいる」

やっとこさ声に出した時、もうその子は引っ込んでいた。ソファの後ろにしゃがんだの。

「シエラちゃんにも視えたでしょう？　はっきり映ったもの」

絶対、証人になってくれると思ったのに、彼女は首を振った。ちょっと迷惑がっているような表情を浮かべてたな。

フッシーはまた立ち上がって、今度はしっかりとソファの裏を見た。それからわたしに向き直って、「怪談はもうやめにしようね」と、たしなめるように言った。これ以上ふざけると怒るよ、という感じだったので、「ごめん」って謝っちゃった。

でも、視なかったことになんてできなくて、訊いてしまった。「過去にその部屋に十歳ぐらいの男の子がいた？」と。フッシーは大袈裟（おおげさ）に肩をすくめてみせた。

「子供にまつわる因縁話なんてないよ。事故物件じゃないことは、仲介業者にしつこく確認して借りている部屋だからね」

ああ、自分と同じだ、と思った。わたしも引っ越す前には、事故物件だけは避けようとよく調べたものよ。

他人の部屋に失礼なことを言ってはいけないから、それ以上は何も言えなくなった。何だか判らないけれど、視てはいけないものを視てしまったな、と後悔しながら。

フッシーもシエラちゃんも黙ってしまって、もう楽しい飲み会という雰囲気じゃない。タカヴィッチは座椅子で眠ったまま。お開きにしようか、ってわたしは言い出そうとした。

ああ、そうしたら——。

シエラちゃんが腰掛けている籐のソファの背もたれに、小さな手が二つ掛かっていた。彼女を挟み込むように両側から。全身に顫えがきた。

「……フッシー。シエラちゃんの……香芝さんの後ろに何か視える？」

恐る恐る訊いてみた。彼が視えると答えても視えないと答えても怖かったけれど、訊かずにいられなかった。

彼には視えず、シエラちゃんは怯えた。

「若生さん、もうやめてください。わたしは怖がりなんですから。何かいるような気がして、後ろを振り向けなくなりました」

彼女は気配を感じたのかな、と思ったけれど、そうじゃない。

「何もないのは知っていても、そんなふうに言われたら誰だっていい気がしませんよ」ということだった。

小さな両手は、背もたれの上をもぞもぞして引っ込む。怖くて心臓がどきどきしているのに、目は画面に釘付けよ。やっぱり正体が気になるもの。

そうしたら――。

また男の子の顔が現われた。今度は鼻のあたりまで。ソファの端の方からぬっと出て、画面越しにはっきり目が合った。その子がカメラをまともに見たのね。

フッシーの部屋に子供の幽霊が棲（す）みついているんじゃなかった。シエラちゃんの部屋にも出現するんだから。瞬間移動でパソコンの中を渡り歩いているみたい。

ということは、タカヴィッチの家にだって飛んでいくかもしれない。彼は無防備に眠りこけてる。悪いことが起きたらどうしよう、と心配になってきた。

「タカヴィッチ。高道さん！」と呼びかけたのは、一つには今言ったように彼の身に危険が迫っているかもしれないから。もう一つは、彼ならわたしと同じものを視てくれるかもしれない、と思って。でも、熟睡してしまったようで、目を覚ましてくれない。

そうしたら――。

そうしたら――その時。

呆れたような顔をしていたフッシーとシエラちゃんが「若生さん！」と揃って叫ぶの。

「えっ？」と二人を交互に見たら、こっちを指差していた。カメラが遠近感を強調するので、指が画面のほとんどを埋めている。

「後ろに男の子が……」

フッシーが搾り出すような声で言った。

わたし自身も画面に映っているじゃない。後ろに誰もいないって、それを見れば判るじゃない。でも、「いる」って言うのよ。言われたら、そんな気がしてきて――わたしは、わたしは――。


実貴子は顔を伏せ、「ひっ、ひっひっ」と引き攣るように笑った。その時の恐怖が甦(よみがえ)り、感情がおかしな洩れ方をしたのか、とユリエは思いかけた。

「ユーリーったら、食い入るように画面を見ちゃって。わたしの話、怖かった？」

急に口調が明るくなったので、「えっ？」となる。

「わたし、怖くて振り向けなかったのよ。そうしたらね、フッシーとシエラちゃんが『ごめんごめん』『すみません』と謝りだした。『ちょっと悪戯したんだ。もう怖がらなくていいからね。赦(ゆる)して』ってフッシーが手を合わせる」

実貴子が説明を求めると、シエラがソファの裏側に「出てきていいよ」と声を掛ける。白いTシャツを着た十歳くらいの男の子がはにかみながら現われた。幽霊でも何でもない生身の子供だ。

「『大成功。上手だったね。あのきれいなお姉さん、びっくりしてくれたよ』と言ってから、彼女はその子の頭を撫でた。それから、わたしにまた詫びたの。『すみませんでした。伏見さんと一緒に仕組んだ悪戯です。この啓太君に手伝わせてしまいました』って。バツが悪かったらしく、啓太君という子は逃げるように画面の外に消えちゃった。まさか本物の子供が共犯だったとはねぇ」

啓太は、伏見の甥だった。オンラインでの悪戯を思いついた伏見は、最新ゲームソフトをお駄賃にして、甥に幽霊の真似をさせたのだ。「頃合いを見計らって、まずフッシーが啓太君を自分の部屋に引き入れて、ソファの裏に待機させた。トイレに立って戻るタイミングで死角から隠れさせたのね。しばらくそのままにさせて、合図が出たところで指をごそごそしたり顔を覗かせたりする。派手なくしゃみが悪戯スタートの合図だったらしいわ。啓太君は芸達者で、叔父さんに指示されたとおりにやって、わたしの肝を冷やしてくれた。あの子、学芸会で活躍するタイプかもしれない」

およその見当がついたが、ユリエは訊いてみる。

「その子がシエラさんの部屋にも現われたのはどうしてですか？　ご近所に住んでいたとしても、やけに素早いですね」

実貴子は、うんうんと頷く。当然の疑問だね、というように。

「実は、世間がコロナで騒がしくなってきた頃に、シエラちゃんは転居していたの。引っ越しシーズンになると業者さんが忙しくなるから、それより早い二月初めに新居に移ったんだって。引っ越した先は、フッシーと一つ屋根の下。同棲を始めたわけじゃないよ。ちょっとお洒落なシェアハウス。四人が生活できるんだってさ。言われてみれば、フッシーはそんなようなところに住んでいると聞いたことがあったわ。いい部屋が空いたと彼から情報を摑んで、シエラちゃんは迷わず決断したの。くどいけれど、二人ができていたとかいうのとは違って、あくまでも部屋が気に入ってね」

「二人の部屋は同じ屋根の下だから、啓太君は素早く移動できた……」

「そう。ちなみにそこのオーナーはフッシーのお姉さん夫妻で、シェアハウスの隣に住んでいるから、啓太君は叔父さんの部屋にしょっちゅう遊びにくるんだって。シエラちゃんにも可愛がってもらっていたらしいよ。だから、喜んで悪戯に加担したんでしょう」

　啓太が伏見の部屋でひと芝居を打った時、〈ここはもういいから次の部屋にすぐ行け〉という合図も決まっていたのだ。シエラの部屋のドアは、彼女が席をはずした際に施錠が解かれており、音を立てずに入室した少年は、パソコンのカメラに映らないように屈んでこそこそとソファの裏側へ。

「――という具合に、三人掛かりのトリックにまんまと騙されちゃった。リモートの飲み会にこんな罠が仕掛けられていたとはね。タカヴィッチは悪戯に嚙んでいなかった。あの人が酔って脱落しちゃうのは予想できたので、それを待って作戦を発動させたのね。わたし一人だけにおかしなものが視える、という状況を作りたかったって言ってたわ。やられた」

　ユリエが黙ったままなのを、実貴子は気にしだす。

「つまらなかった？　本当に怪奇な現象の話を期待していたのなら、ごめんね。怪談かと思ったら怪談じゃなかった、ってネタで」

　何かを期待するより先に彼女が語りだしたのだから、そんなふうに謝ってもらう必要はない。

　違うのだ。

　ユリエは実貴子の話を聴きながら、さっきからずっと別のものに注意を奪われていた。今も彼女とどうにか会話を成立させながら〈それ〉を観察している。

　実貴子はまるで気づいていない。自分の右斜め後ろに四、五歳ばかりの男の子が立っていることに。何か小動物のイラストが胸元にあしらわれたパジャマを着て、実貴子の後頭部を見つめているようだ。

　顔の向きからそう思えるだけで、見つめているのかどうかは定かでない。その子の姿はさながら粒子の粗い画像で、目元が柔和なのは見て取れても、瞳（ひとみ）まではよく判らないのだ。

　数分前にソファの端に指が現われ、顔が覗き、やがて上半身を晒（さら）した。実貴子の話をなぞるような登場の仕方だった。

　生きた人間ではない。幽霊には個体差が大きく、こんなふうに視えるものを目撃したのは初めてのこと。濱地のようにその素性の見当をつけるのはユリエの手に余った。

　実貴子に何か返事をしなくてはならなかった。

「いいんです。怪奇な現象とは仕事で日常的に遭遇していますから」

「心霊関係のお仕事に従事しているから間に合っています、か。そもそも幽霊が視えるユーリーにしてみれば、怖くも何ともない話だったよね」

　パジャマ姿の子供の上体が、陽炎（かげろう）のようにふるふると揺れている。警戒を解く気にはならないが、〈それ〉の口元には笑みがあり、実貴子に危害を加えようとする素振りはない。

　会話を途切れさせないようにしなくては。

「わたしはあまりいい聞き手じゃなかったかもしれません。でも、うちの事務所では扱ったことがない種類の案件だな、と思いながら聴いていました」

「じゃあ、少しは新奇性があったんだ。発案者のフッシーに言ったら大喜びして、また別の誰かを脅かそうとしそうだなぁ。実際、じわじわ怖かったし、悪戯だと知った後も夜中にパソコンと向き合っている時、ふと背中が気になったりするのよね」

　今、後ろに子供が立っていますす、と実貴子に言っても下手な悪ふざけに取られるのがオチで、気分を害されそうだ。彼女に視えるものであれば、パソコンの画面にも映っているからとうに気づいているはず。もしもカメラで捉えることができない存在だったとしても、気配で感知できるだろう。体が接するばかりに〈それ〉と近いのだから。

ユリエはグラスに残っていた発泡酒を飲み干し、どう対処すべきか考えながら会話を続ける。

「若生さんも誰かにやってみたらどうですか？　簡単なトリックだから。身近に協力してくれる甥御さんや姪御さんがいたらできますよ」

「残念ながら駄目。わが子はもちろん、甥も姪もまだいないのよ。ご近所に小さなお友だちもなし。いっそのこと名優の啓太君を借りちゃおうか。きれいなお姉さんを騙した罪滅ぼしをしてくれてもいいはずよねぇ。ひっひっ」

「啓太君に兄弟はいないんですか？　四、五歳ぐらいの弟さんに手伝ってもらったら、さらにインパクトがありそう」

「兄弟はいないそうよ。それに、四、五歳の子供じゃ幼すぎて演技指導が難しくない？」

「そうですね」

パジャマの子供は啓太とは関係がなさそうだ。実貴子の部屋は事故物件でもないそうだから、そこでただならぬ死を遂げて想いを残した子がいるのでもないとすれば——。

実貴子のビールが尽きた。潮時というものに敏感な彼女は「そろそろ」と言った。

「もう十一時だね。長々と付き合ってくれて、ありがとう。久しぶりにユーリーと話せて楽しかったわ」

子供は、パソコンの画面に顔を向けた。角度が変わったせいか、かろうじて瞳が視える。その子が小さく手を振ったのは、ユリエにかまって欲しかったからだろう。一瞬だけそれを受け止め、面白くないからやめなさい、と目顔で伝えた。母親がわが子をたしなめる気持ちを想像しながら。そして、つれなく目を逸らす。

「わたしも。楽しい時間でした」

「今、変な顔をしなかった？」

「いえ、くしゃみが出かかっただけです」

それで納得してもらえた。

「気が向いたらまた連絡するかもしれない。その時は適当に相手をしてね。濱地さんの齢が判ったら速報を。——じゃあ、コロナに気をつけて」

「実貴子さんも。心霊現象でお困りの節は、ぜひ濱地探偵事務所へ」

パジャマ姿の子供はまだいたが、努めてそちらを見ないようにした。

「おやすみなさい」を交わして通話を終える。

すぐさまユリエはパソコンの前を離れて、スケッチブックと鉛筆を取った。あの子の記憶が薄らいでしまわないうちに描いておきたかった。

三分ほどでラフなスケッチができたが、次の機会に実貴子に見せて、「この子に見覚えはありますか？」などと尋ねるつもりはない。ただ記録しておきたかっただけである。

〈この程度〉と言ってはいたが、実貴子は自分の住まいが気に入っているようだ。快適に暮らしている彼女に、そこには幽霊がいます、と教えることはできない。当人は〈それ〉に気がつかず平穏に生活できているのだから。

濱地は、雑談の相手をするだけで依頼人の不安を払い、案件を処理した。おしゃべりどころか何もしないのが最善の方策。そんな事態もあるのではないか。

あのパジャマ姿の子供は邪悪なものではなく、ウェブでの通話が面白くて覗きにきただけに思える。ずっと前から居着いていた可能性もあるし、伏見たちの悪戯ごっこが呼び寄せたのかもしれない。ぼくもやってみたい、と。

ただならぬ死を遂げたのではなく、悲しくはあるが、ままある病気や事故が原因で亡くなっただけであっても同じこと。

――生きたかったんだね。もっと色んなものを見たり聞いたり、悪戯をして大人を驚かせたりもしたかったのよね。

いい大人が口裂け女に化けたりもするのだから、人を驚かせるのは楽しいのだ。

だが、自分も悪戯をしたくなって出てきたのだとしても、調子に乗せてはならない。

そう考えたから、名前も知らないその子が手を振ってきたのにかまわず、素っ気ない反応を返した。童心が傷ついたのならかわいそうではあるけれど、いつまでもこの世界で迷っているのも不憫(ふびん)だ。行くべきところに発(た)つきっかけを与えたつもりなのだが、ごめんね、と謝りたくなる。

もう午後十一時を過ぎていて、濱地に電話をするわけにはいかない。このことについて意見を求めるのは明日の朝だ。

――志摩君が下した判断は正しいよ。

ボスにそう言ってもらえることを希いつつ、ユリエはパソコンの電源を切った。

戸口で招くもの

隠居生活の日課としている散歩に出ようとしたところで、マスクをしていないことに気づいて取りに戻った。いちいち面倒なことだ。東京都心から五十キロも離れた村だから、おそらく誰とすれ違うこともなく帰ってくる。それでもマスクをせずに外出する者にうるさく注意してくる輩が近所におり、ばったり出くわすと鬱陶しい。

庭で紫陽花の手入れをしている妻に「散歩だ」とひと声掛けて歩きだした。そよ風が気持ちよくて、ほっとする。外出自粛が要請されているせいで車も通らず、元日の朝のような長閑さだ。四月に正月がくるとはおかしな話だ、と笑いたくなる。

「岩辻さん」

五十メートルほど離れた隣家の前で呼ばれた。庭の掃除をしていたのか、隠居仲間の隣人は竹箒を手にしている。

軽く挨拶をして通り過ぎかけたら、「ちょっと待って」と止められた。向こうには用事があるらしい。長身の岩辻と短軀の隣人との立ち話になる。

「お話ししておこうと思っていたことがあるんですよ。墓参りに行く前に伝えておくのがよかったんだけど、時間がなくて」

都内から出ないようにという都の要請を無視して、父親の命日には欠かしたことがない墓参のため、隣人は三日前に車を飛ばして山形まで行っていたのだ。

「岩辻さん、あなた最近、西の小屋の様子を見ましたか？　あの川っぺりの」

川というほどでもない溝みたいな小川である。裏口がそれに面した陋屋(ろうおく)——妻はふざけて〈別荘〉と呼んでいた——を持っているが、ふた月前に足を運んだきり近づいてもいない。

「見てきた方がいい。もしかしたら、誰かが住み着いているのかもしれませんよ。ホームレスかなんか知らないけど」

「いつから、どんな奴が？」

「あれっ、と思ったのは墓参りに行く前日。四日前のことです。息子の家に寄る時にそばを通りかかったら、オレンジ色のジャンパーを着た男が出てくるのを見ました。距離があったのでホームレスかどうかまでは判りません。息子ンちからの帰りには、小屋の脇に車が停まっていた。夜の十時を過ぎていて暗かったし、雨が降っていたからはっきり見えなかったけれど、白っぽい軽自動車みたいでしたよ。心当たりは？」

「いや、まったくありません」

本当だとしたら聞き捨てならない。ただちに追い払わねば。

「そうですか。岩辻さんのお知り合いかな、と思いかけたんですが、失礼ながらあそこにお客さんを泊めるのもおかしい」

「ええ、夜露がしのげるだけのボロ小屋に知り合いを泊められるもんですか。ガスや電気どころか水道も止まっています」

「行く当てがなくなった人間が、勝手にねぐらにしているのかもしれないな。街の方は大変なんでしょ。インターネットカフェに寝泊まりしていた人の行き場がなくなったりして」

テレビのニュースで知り、そういう人たちのことは気の毒に思っていたが、どんな事情であれ自分が所有する小屋を無断で占拠されるのは困る。

「教えていただき、ありがとうございます。さっそく様子を見てきます」

自宅に戻りかけた岩辻に、隣人は注意を促した。

「相手を見て、危ないと感じたら警察に通報しなさいよ。車で乗りつけた奴もいて、向こうは一人とは限らない」

忠告を受け留め、車を取りに自宅へ引き返しながら考える。ねぐらをなくした人間が転がり込んだのだとしたら、軽自動車がそばに停まっていたのは変ではないか。車を持っているのなら車中で寝泊まりすればよさそうなものだ。

妻にことの次第を告げてから、岩辻は車に乗り込んだ。十分も走らないうちに、大根畑の向こうの雑木林に半ば隠れた〈別荘〉が見えてくる。祖父が知人から譲り受けたもので、どんな経緯があったのかは亡父も「忘れた」と言っていた。地域の祭りで使う道具の倉庫として提供していた時期もあるが、その役目も終え、文字どおりの空き家になって久しい。

家の正面まで乗り着け、気配を窺いながら車を降りた。中にいるかもしれない者への警告のつもりで、わざと車のドアを勢いよく閉めたのだが――。

耳を澄ましても物音ひとつ聞こえず、無人のようだ。どこかに出掛けているのか、すでに退去したのか？　出て行ったのならよし。この〈別荘〉には盗まれるようなものは置いていなかったし、長年にわたる放置でもともと汚れているから、宿なしに無断で数泊されたぐらいでは何の痛痒もない。

緊張は緩んだが、ここまできたからには中を検めておくのがよい。キーホルダーの鍵を差し込んでみると施錠されておらず、ノブを少し引いただけでドアが細めに開いた。この前にきた時にうっかり鍵を掛け忘れて帰り、そのせいで不埒な不法侵入者を招いたのかもしれない。

ドアが半分ほど開いたところで、彼は視てしまう。〈妙なもの〉がいた。これまで視た何よりもグロテスクで、〈飛び切り妙なもの〉だ。

現実世界の外にあるものが、この世界に紛れ込むことがある。それが視える人間と視えない人間がいる。因果なことに岩辻は前者だ。予期せぬタイミングで遭遇すると肝が冷えたりするが、七十年も生きてきたからとうに慣れた――と思っていたのに、そうではなかった。

小学生の頃、空き地でサッカーボールを蹴って遊んでいたら、離れたところで野球をしていた中学生の打球が飛んできた。「あっ」と友人が叫んだのに反応して振り向いたら、ボールがぐんぐん迫ってくる。危ないな、よけないと、と思いながらもとっさのことで体が動かず、接近してくるボールを見つめるだけ。理屈に合わないことだが、自分の身に降りかかってきた事態をよくよく見ておこうとしたのだ。その時間の濃密だったこと。運の悪いことに中学生たちは硬球を使っており、額に打球の直撃を受けた彼は、短い間だが気を失った。

あの時と同じだ。

戸口にいたものはおぞましく、瞬時も見るに堪えなかったのに、彼は慌ててドアを閉めることなく、それを凝視した。ものの五秒もなかったと思われるが、あまりにも濃密な時間。手招きしているらしいことだけ判った。

全身の硬直が解けるなり叫び声を発して、ドアを閉める。施錠しなければ〈飛び切り妙なもの〉が外に出てきてしまうかもしれない。鍵を掛けて閉じ込めなくては、と思っても、ドアに近寄るなど恐ろしくてできたものではない。

　這うようにして車に戻って運転席に着いたが、ぶるぶると手が顫えてエンジンキーを挿すのにひどく手間取った。


テーブルの上で開いたスケッチブック。志摩ユリエは依頼人の説明を聴き取りながら、ほんのりとクリーム色を帯びたクロッキー用紙に4Bの油性鉛筆を走らせる。

「目はわたしよりも心持ち細めで、瞼はひと重。涼しげな感じです。優しそうというよりも、涼しげ」

　確認を求めるたびに絵を逆さにして見てもらわなくてもいいように、依頼人にはソファの隣に座ってもらっていた。ソーシャル・ディスタンスとされる距離には不充分だろうが、正対していないし双方ともマスクをしているから問題はあるまい。

　涼しげな目と言われても、表現の仕方は色々ある。

「こうですか?」

　ユリエが尋ねると、依頼人の貝塚真苗はいったん頷きかけてから首を振った。

「瞳の感じがどこか違うように思えます。もう少しだけ大きくしてみてもらえますか。いえ、大きくするんじゃなくて……」

　言葉を選びかねている貝塚に、テーブルの向こうから濱地健三郎が助け船を出す。

「対象となるもの、すなわちあなたを静かに観察しているような感じ、ということでしょうか？」

依頼人は「それです」と即答した。

「威圧するような強さはないんですけれど、『あなたのこと、見させてね。どうか気にしないで』というような視線です。わたしとコミュニケートしたがっているふうではありません」

いつものごとくボスが依頼人からうまく言葉を引き出してくれたが、どう描いたらよいのやら迷う。こういう時、ユリエは架空の漫画の一場面を想定し、その登場人物をイメージすることにしていた。たとえば――高校生の息子が家に招いた女友だちを「どんな子なのかしら」とこっそり観察する母親のまなざし。

「あっ、すごく似てきました。目の下のラインに丸みを持たせるとそっくりになりそうです」

似てきた部分につられて依頼人の説明がより的確になっていく。

「髪型はサイドをもう少し豊かに」

「唇の形がきれいなんです。薄くて、すっきり」

「耳の位置が低かったような――」

情報が積み上がり、求める顔が次第にでき上がっていく。

——きれいな人なんだ。

いったん手を止めて、ユリエは自分の絵を見つめた。案件によっては世にも無気味なものを描かされる。われながら怖い絵ができたな、と思うことも多かった。

描かれた人物は和風の面立ちで、美人の範疇に入るだろう。顔だけでも嫋やかな印象があり、着物が似合いそうだ。年齢は三十前後か。雰囲気も年の頃も貝塚真苗に近い。

「これだけのものがすらすら描けるなんて、絵心がある、というレベルではありませんね。志摩さんは美大のご出身なんですか？」

依頼人に言われて、「いえいえ」とユリエは否定する。

「美大なんて、とんでもない。大学で漫画研究会にいただけです」

漫画家を志望していたこともあるが、そんな日々はもう懐かしいほどに遠い。漫研に在籍中は趣味として描き続けたものの、卒業してからは戯れにイラストを描くこともなくなっていたのだが、ボスは彼女の特技を「役に立つ。ありがたい才能だ」と歓迎してくれた。

ここ濱地探偵事務所に勤めるようになった当初は、しばしば見たことのない人物の似顔絵を描くよう命じられて戸惑ったが、コツを摑んだ今は腕を振るうことに喜びを覚えている。隠された宝物を掘り出すみたいな作業だし、悩める依頼人を救うボスの手助けができていることがうれしい。

「上手に描いてもらえました。こんな顔の女性です」

満足そうな依頼人に、心霊現象を専門に扱う探偵――濱地は微笑してみせる。

「志摩の技量もさることながら、貝塚さんの描写が巧みだったおかげですよ。こういうのは共同作業ですから」

事務所に入ってきた時は蒼い顔をしていた依頼人だが、緊張がすっかり解けてきていた。英国製のスーツをきれいに着こなしたオールバックの探偵の風貌と、悠揚迫らざる話しぶりが安心感を与えるせいに違いない。ただ、この探偵は何歳なのだろうか、と胸中で不思議がっているかもしれない。濱地ときたら、三十代の前半なのか五十に手が届いているかも見当がつかないのだから。

顔が描けただけで作業完了ではない。

「貝塚さんは、この絵の女性の全身をご覧になっているのでしたね。体つきや服装についても教えてください。判るのであれば装身具なども」

ではどうぞ、と濱地は右手で合図する。依頼人は、ぽつりぽつりと語っていった。

やや細身ですらりとしているが、さほど長身でもない。いでたちは、深草色をした薄手のチュニックにオフホワイトのデニムパンツ。胸元に星形のペンダントを下げている。靴は意識したことがないので思い出せないがハイヒールではない。両腕をだらりと体側に垂らして佇んでいる等々。それをユリエは再生していく。

「ああ、ここまで似せて描けるものなんですね」

嘆息とともに出たのはありがたいコメントだったが、再現度の高さに気味が悪くなったのか、依頼人は寒気がするというように左の二の腕を右手でさすった。

濱地はスケッチブックを引き寄せ、しばし絵に見入ってから貝塚に顔を向ける。

「確認します。――この絵の女性は明らかに生きた人間ではない。それは、子供時代から霊的なものをしばしば視てきたあなたの体験から断言できる」

依頼人は「はい」と頷いた。

「まわりの風景から切り離されたように視える、ということでしたが」

「全身が透けているのでもなく、実体があるように視えるんですけれど、この世の人でないことは疑いありません。何よりも、現われ方がおかしいんです。さっきまで誰もいなかった空間に次の瞬間には立っているんですから。立って……じっとこちらを見つめています」

何をするというのでもなく、見つめるだけ。そして、出現した時と同じく、あり得ないタイミングで失せるのだそうだ。

「先ほど伺った話によると、ものの二、三分でいなくなるわけですね？　そのようなことが、三回あった。同じ状況で」

「はい、そうです。三回とも彼と一緒にいる時でした」

端的に言うと、恋人とのデートの最中に限った現象なのだ。この世のものでない人物を視てしまうことに依頼人は慣れていたが、この事態には心が乱れた。無理もない、とユリエは思う。虚空からにじみ出てくる女と恋人の関係が気になるのは当然だろう。

恋人の名は尾永奨、三十三歳。依頼人が勤める貿易会社と同じビルに入っているIT企業のウェブデザイナーだ。ふとしたきっかけで知り合い、去年の秋から交際が始まった。尾永が「きみとの結婚を考えている」と口にしたのは、今年の二月半ばのこと。新型コロナウイルスの感染が世界的な広がりを見せ、オーバーシュートだのロックダウンだのという耳慣れない言葉が飛び交いだした頃である。

「よく行く喫茶店の片隅で『きみとの結婚を考えている』なんて、あんまりドラマティックではありませんけれど、わたしも同じ気持ちだったので素直に喜びたかった。でも、わたしの反応はぎこちなかったはずです。この絵の女性が立っていましたから。わたしたちのテーブルから三メートル離れた壁際に」

「その時が初めてではなかったんでしたね」

「二度目です。その前と後にも、一度ずつ視ています。わたしと彼がどこかに座って話している時にばかり」

おちおちデートもできないではないか、とユリエは同情する。依頼人はよく平静を装えたものだ。自分だったら素早く絵に描いて、「こんな人を知ってる？」と彼氏に詰問してしまうだろう。似顔絵が描けない貝塚真苗はどう対処していいのか判らず、以前に噂で聞いた心霊探偵を頼ってここを訪ねたわけだ。

さて、ボスはこの案件をどう処理するのか？　ユリエは、濱地と貝塚のやりとりを見守る。

「あなたに霊的なものを視る能力があることを、尾永さんはご存じですか？」

「いいえ。変に思われると嫌なので、話したことはありません。彼だけでなく、わたし、家族を含めて周囲の誰にも洩らしたことがないんです。今日、初めて言えました。ここなら、濱地先生と志摩さんになら、わたしの話を真剣に聞いてもらえるんだ、と思えたから。それだけで、今ほっとしています」

助手のユリエにも、画才以外の特殊な能力があることはすでに伝えてあった。貝塚真苗の孤独は、ここにきたことで和らいだらしい。

「それはよかった」と言ってから、探偵は話を戻す。「結婚の話が出た際に、あなたは承諾の意思を示したんですね？」

「はい」

「その後も、尾永さんと何度かお会いになっているのでしょう？　今日は四月二十二日だ。プロポーズから二ヵ月が経っています」

「外で会ったこともあるし、お互いの家を行き来したりもしています。三月下旬からは、どちらも在宅勤務になりました」

　三月二十日にレストランで食事をしたことがあり、例の女はそこに現われた。そして、以降は姿を見せていないのだが、依頼人の不安は薄らぐどころか、かえってふくらんでいったそうだ。独りで自宅に閉じこもっているせいもあるのだろう。

「次にいつどこで不意打ちを食らうか判らないと思うと、気が重くてなりません。これまでのは予兆で、とんでもなく悪いことが待ちかまえているのかも。コロナで結婚の話が進めにくくなっているのは、むしろ幸いです。いえ、全然、幸いじゃないんだけれど……」

　ユリエは、依頼人の背中をさすって慰めたくなった。濱地は落ち着いた口調のままで、さらに尋ねる。

「三月二十日から今日までの間にも、外で尾永さんとお食事をしたことがありますか？」

「二回あります。四月七日に緊急事態宣言が出て、飲食店が営業自粛に入る前に」

「絵の女性はそこには出てこなかったが、正体が気になって仕方がない、というわけですね」

　依頼人が応(こた)えるまで、わずかな間があった。

「本音を言うと、正体なんかどうでもいいんです。よくはないけれど、知らないままでいたい気もしています。どうして出てこなくなったのかが判って、もう視ないですむのであれば、それでかまいません」

恋人の秘密に触れるのが怖い、というのはユリエにも理解できる。濱地にならば妙案があると信じたかった。

「幻のような女性が視えるようになってから、あなたや尾永さんの身辺に変わったことはないのですか？」

「わたしについては、思い当たることはありません。遠回しに彼の様子を探ってもみたら、『コロナで健康に注意しているせいか、体のコンディションはいいよ』でした。仕事も順調だそうです」

つまり、貝塚の不安を除けば二人に実害は生じていないのだ。

「尾永さんにこれぐらいの年齢で亡くなったご家族はいませんか？」

「いないはずです。お母様は健在だし、彼は一人っ子なので」

確認作業が終わった。

「ひととおりのお話を伺ったばかりですから、現時点で大したことは言えない。しかし、これだけはお伝えしておきましょう。貝塚さん、あなたに何かよからぬものが憑いている、などということはありません。いくらかご安心いただけますか？」

相手は頷いたが、顔色は冴えない。

「わたしの背後や傍らにあの女性が寄り添っていないのはうれしいんですけれど、じゃあ、彼に張りついているのかも……」

「懸念はごもっとも。調べてみますよ。――ところで、あなたが霊的なものを視る能力について、この機に彼に打ち明けるおつもりはありませんか？　それならば、志摩が描いた絵を見せながら『こんな女性がわたしには視える。あなたに見覚えは？』と尋ねることもできます」

「手っ取り早く解決しそうなやり方ですね。でも、それは気が進みません。結婚するんだから秘密は持ちたくありませんけれど、こればかりは……。彼は、いたって現実主義的な人で、わたしを見る目が変わるのが心配です」

「判りました」探偵は依頼人の意向を受け容れる。「お気持ちに添う形でやりましょう。数日の猶予をいただければ、解決できそうに思えます。いや、おそらくはすでに解決していることを確認できる」

「本当ですか？」

依頼人の表情が、ぱっと明るくなった。

あれが三日前。

在宅勤務をしていたユリエに、ボスから「絵を描いてもらう必要がありそうだ。事

務所に出てきてもらいたい」との連絡が入り、勇んで家を出た。久しぶりに電車に乗
って、三軒茶屋から南新宿へ。やはりパソコンでデータベース作りをするよりも現場
で働くのがいいな、と実感した。依頼人の貝塚真苗が〈手っ取り早く解決しそうなや
り方〉を拒んだ時は、こっそりと喜んだほどである。
案件の解決まで、さほど時間は掛からなかった。まず、貝塚に彼氏を呼び出しても
らい、二人がオープンエアのカフェで話すところを離れた席から観察すると、尾永に
異状がないことを確かめられた。次に、彼の身辺に絵の女性がいなかったかを調査。
よその探偵事務所――もちろん、心霊現象を扱ったりはしない――に勤務していた頃
に培った技能を駆使し、ユリエがものの一日で突き止めることに成功した。コロナ禍
のため面会を求められる人間は限られていたが、うまく聞き込みができた。
問題の女性は、尾永奨の過去の交際相手だった。結婚を約束し合った関係ではなか
ったらしいが、単なる女友だちではない。二年前に破局した後、三十歳の若さで病死
していた。
その女性の死が尾永に伝わっているのかどうかは判然としない。彼女がどんな想い
を抱いて逝ったのかも。ただ、亡き女性の友人は「尾永さんに未練があったんじゃな
いかな」と証言している。
ユリエが描いたのは、まさに尾永の元恋人の絵だった。友人がスマートフォンに保

存していた写真を何枚か見せてくれたので確認が取れた。

　これらの事実から濱地は結論を下すのをためらわなかった。元恋人の強い想いがこの世界に残存していたため、尾永が新しい恋人と会っている現場で貝塚真苗に視えてしまったのだという。それ以上でもそれ以下でもない現象であるから、二人に危害が及ぶ虞はない、という見立てだ。

　死せる元恋人は、涼しげな目で貝塚真苗を見つめていた。尾永奨が自分の次に愛したのはどんな女性なのか、という興味を抑え切れずに現われたのだろう。胸中、複雑なものがあったとしても、現在の恋人たちに禍々しいものの気配すらないところから推して、二人に干渉することなく去ったに違いない――とボスは依頼人に説明をしてから、万一、怪しいことが起きたらすぐに駆けつけるが、そのようなことにならないと信じている、と付け加えた。

　貝塚真苗の憂いは霧消し、うれしそうに帰って行ってこの事案は処理された。

　濱地探偵事務所に次なる調査依頼が入ったのは、昨日の午前中。在宅勤務に戻っていたユリエに、再び「君の手助けが要る」との連絡が入って――今、車で現場に向かっているところだ。

　ふだんの探偵は主に公共交通機関で移動をしているのだが、コロナ禍にあってはレンタカーを活用していた。ボスに運転を任せっきりで、助手席のユリエはちょっとばかり申し訳なく思う。助手だから助手席でいい、というものではない。

五月六日を目途にしていた緊急事態宣言が予定どおり解除されるかは疑わしい。ステイホーム、リモートワークが要請されているため、中央高速を流れる車の量も少なかった。それをいいことにスピードを上げているドライバーも目立ったが、濱地の運転は常と変わらずいたって丁寧だ。

「ハンドルを握るとその人の本性が判るとか言いますけれど、先生は本当に紳士ですね。自制心が素晴らしいと思います。抜群の安定感」

ユリエは、あらためて感心していた。

「志摩君からそんなふうに評価されて、うれしいね。でも、買いかぶりだよ。『あなたの運転は気に入らない』と叱られたことがある」

おっ、と助手は思った。シートベルトを締めていなかったら前のめりになるところだ。

「先生にそんなことを言った人って、女性ですよね。いつのことですか？」

ボスは澄まし顔を崩さない。

「女性とは言っていない。勝手に決めつけないように」

濱地健三郎は年齢だけでなく、プライベート全般が秘密なのだ。どこかで口を滑らせてくれるのを待つしかない。

依頼人が電話で伝えてきた現場に着くまで、まだ三十分はかかるだろう。好都合だ。ユリエは、直近の案件についてボスに訊いてみたいことがあった。

「貝塚さんの件、怖いことにならなくてよかったですね」

ボスの横顔に向けて、そう切り出す。

「志摩君が描いた絵のおかげだ。あれを携えていたから尾永さんの過去の調査が捗った。後になって思うと、依頼がきた時すでに問題は失せていたわけで、君が好きなスリルは欠いたかな」

「スリリングなのは好きですけれど、それが目的で仕事をしているわけではありません。――先生に質問していいですか？　前からもやもやしていたことがあります」

濱地は無言のまま、どうぞ、と左手で促した。

「貝塚さんが視たのは、平たく言うと幽霊ですよね。服装は春秋物っぽいチュニックにデニムパンツで、病気でやつれた感じはなし。あれって、亡くなった女性のいつの姿だったんですか？」

「難しいね。まだ元気だった頃の姿なのだろう、ということしか、わたしには答えられない。――どうしてそんなことが気になるのかな？」

「人がこの世に想いを残して死んだ時、幽霊になることがある。その場合、いつの時点の姿形で現われるのか、法則みたいなものがあるのなら知りたいんです。死んだ直後の恰好で出てくることもありますが、そうじゃないことの方が多いのは知っています。数少ない経験上ですけれど」

「君はすでに、それなりの経験を積んでいると思うよ」と言われて、「いえいえ」と顔の前で右手を振る。

「死者の想いはどんな形を取るか？　その法則性について、わたしにも正確に答えられない。死者自身に選べるのかどうかも不明。しかし、その意思を少なからず反映しているのではないか、と考えている。たとえば、ほら」

殺人事件の被害者は、しばしば殺された直後の姿で目に映り、そこから犯人や犯行時の状況が窺える場合が多い。無念を晴らすために、あえてそのような姿を選んでいるようでもある。

「色んなことが、先生にもまだ判らないんですね」

「生きている時と同じで、人間は死んでからも何かと不自由そうだね。尾永さんの亡くなった元恋人は、死んだ後でお気に入りの服装、あるいは最も自分らしい恰好でいたのではないかな。そういうケースは、たいてい厄介なことにならない」

「そういうことですか。判りました。――だとしたら、今回の案件は厄介なケースみたいです」

依頼人からの相談内容は、奇怪にして穏やかならざるものだった。はたして自分の出る幕があるのだろうか、とユリエは思っている。

「殺人事件が絡んでいる可能性もありそうだな。昨日、赤波江（あかばえ）さんに一報入れてある。もしかしたら警視庁捜査一課に投げるかもしれませんよ、とね」

心霊探偵とひそかなつながりを持つ刑事、赤波江聡一（そういち）巡査部長。あのごつごつした顔の刑事ともご無沙汰（ぶさた）していた。緊急事態宣言下にあっても、もちろん彼は変わらず犯罪者を追っていることだろう。

八王子（はちおうじ）インターで下り、滝山（たきやま）街道を北西に進む。人間界は感染症との闘いの真っ最中だが、そんなことに関わりのない木々の新緑は鮮やかだ。今が美しい季節であることを思い出し、ステイホームで溜（た）まった鬱憤（うっぷん）がいくらか晴れていった。

檜原（ひのはら）村に入ったのは午前十一時前。新宿を出発してから二時間が経とうとしている。ビニールハウス、火の見櫓（やぐら）、養鶏場。すっかり鄙（ひな）びてきた風景の中をさらに十分ほど走ると、目的地が近いことをナビが告げた。

年季の入った一軒家で、敷地の一隅にお稲荷（いなり）様でもあるのだろうか、小さな鳥居がある。堂々と大きな表札が出ていて、助手席の窓からでも〈岩辻文太（ぶんた）〉と読んで取れた。

呼び鈴を鳴らすまでもなく、車が停まる音に気づいたらしい依頼人が玄関から出てきた。岩辻文太その人だろう。七十歳という年齢にしては長身で、染めているのであろう頭髪は不自然なほど黒々としている。唐草模様のマスクが洒落(しゃれ)ていた。

「コロナで面倒な時に遠くまでお呼び立てしてしまい、相すみません。どうしても気になって仕方がなかったもので」

　床の間がある和室へ通された。申し訳なさそうな顔の女性がお茶を運んできて、一礼してすぐに去る。依頼人の妻で、夫が心霊探偵に相談を持ち掛けたことに批判的なのだそうだ。

「『悪霊に祟(たた)られているわけでもないのに、怖がることはないじゃないの。こんな時に探偵さんにきてもらうのは気が引ける』って言うんですよ。そりゃ、あいつは〈現物〉を視ていない……っていうか、視えないんだから平気の平左ですよ。こっちは視ちまったんだから放っておけません。——あ、濱地先生、膝(ひざ)を崩してください。志摩さんもどうぞお楽に」

　岩辻はそう言って、渋い表情で茶をひと口だけ啜(すす)った。ユリエは正座のままでいたが、濱地は依頼人に倣って胡坐(あぐら)をかく。

「〈現物〉とやらは、岩辻さんにしか視ることができないんですね？」

「はい。わたしは子供ン時から妙なものをよく視るんです。田んぼに見慣れない案山子(かかし)があるのでよく見たら顔がぐにゃりと歪(ゆが)んだ男だったり、真冬の川の中に着物姿の女が突っ立っていたり。いるはずがない、あるはずがないもの〈妙なもの〉を。女房は幼馴染みなのでそのことを承知していて、わたしが何かにはっとしたら『また〈妙なもの〉？』ですよ。亭主の奇癖ぐらいに思ってやがる。しょうがないんだけれど、わたしにすりゃあ面白くはないですね」

ユリエは、貝塚真苗のことを思い出した。霊的なものが視えてしまうことを恋人に打ち明けたがらなかったのは、岩辻のようになるのを嫌ったのだろう。

「これまで〈妙なもの〉をたくさん視てきたのに、今回は放っておけないわけですね？」

「そうなんです、先生。田んぼや川の中と違って、ボロいとはいえ自分が所有している小屋にひょっこり現われたんですからね。これまで出なかったものが急に出た。どうしてなんでしょう？　しかも、姿がまともじゃない」

「お電話でもあらましを伺ってはいますが、それをご覧になった経緯を話してください」

少し早いかな、とユリエは思いつつ、トートバッグからスケッチの道具を取り出したところで、岩辻が語りだす。

三日ぶりに墓参から帰った隣人の話を聞き、不審者が入り込んでいないかを調べるために〈別荘〉に向かった。そして、ドアを開けたら戸口に〈飛び切り妙なもの〉がいた。

「あれは、その、一応は人間です。黒いジャケットを羽織っていました。男物のジャケットだったし、背恰好からしても男にしか見えませんでしたが、何歳ぐらいか判らないし、人相は言えません。顔どころか、その……」

衝撃が甦(よみがえ)ったのか口ごもる。濱地が代わりに言葉を接(つ)いだ。

「人相が言えないのは、頭部がなかったからですね？」

「はい。ここから」と岩辻は喉仏(のどぼとけ)の上あたりを手で示した。「上に何もありませんでした。まさか、と思って見つめたんですが、なかった。首のない男がジャケットを着て立っているだけでも恐ろしいのに、それだけではありません。右腕を持ち上げて、こっちへこい、という感じで手招きをしていました。手招きは不正確かな。手首がなかったんですから」

「右手首だけ？」

「左手首もありませんでした。頭と両手首がない奴が立っていたんです。〈妙なもの〉には慣れっこですが、あんな化け物は視たことがない。家まで飛んで帰ってからも顫えが止まりませんでした。──先生は、そういうのに遭ったことがありますか？　これまで色んな〈妙なもの〉を視てこられたと思いますが」

岩辻文太は、会社員時代の同僚との雑談の中で心霊探偵・濱地の噂を耳にしたのだという。よもや相談を持ち掛けることなどあるまい、と思っていたそうだ。

「宙に浮かんだ首には何度か対面していますが、岩辻さんを驚かせたようなものは視たことがありません。――家に戻ってから、どうなさったんですか？」

「女房に話したら、『またそんなことを』と取り合ってもらえない。『もう一度見てきたら？　あなたが怖いのなら、わたしが行ってくる』と言うので、絶対に行かないように止めました。よからぬものを連れて帰ってきたら大変じゃないですか。臆病だと嗤われそうですが、あそこには恐ろしくて近づけないままです。なので、まずは先生方が見てきてもらえますか？　あの小屋の中がどうなっているのかも、わたしは確かめていません」

すっかり怖じ気づいた岩辻だが、〈別荘〉に侵入していた人間について周辺であれこれ聞き込みをしていた。彼がその小屋の所有者だとみんな承知しているので、不審者を見掛けた者たちは知っていることを進んで話してくれた。

集まった情報は次のようなものだ。

一つ、四月十四日の時点でオレンジ色のジャンパーを着た男が小屋に居着いていたらしい。年齢は三十代から四十代。

二つ、白い軽自動車に乗り、黒いジャケットを着た男が出入りしていた。目撃者が二人いて、その記憶によると見掛けたのは四月十六日、十八日、十九日。

三つ、岩辻宅から五百メートルほど離れた小さな食品スーパーに白い軽に乗った黒い服の男が少なくとも二度は買い物にやってきていた。購入したのはペットボトルの飲料、パン、惣菜、紙製の食器、洗剤など。マスクをしていたため、人相については眉が太くて目付きが鋭かった、という程度しか判らない。こちらも三十代から四十代という年恰好で、終始無言だった。

「素晴らしい。探偵も顔負けの聞き込みです。山形まで墓参に行くお隣の方が不審者を見たのが十九日ですね？」濱地が確かめる。「岩辻さんがその話を聞いて、〈飛び切り妙なもの〉を視たのが二十三日」

「はい。そして、不審者について近辺で情報を収集してから、迷った末に先生にお電話しました」

探偵はオールバックの頭髪を軽く撫でつけてから、おもむろに尋ねる。

「『これまで出なかったものが急に出た』とおっしゃいましたが、別の形でおかしなものが現われたこともないんですか？」

「ありません」

「その小屋にまつわる曰くや因縁といったものもない？」

「ないですね、そんなご大層なものは」

「最近、この界隈で何か変わったことが起きたりは？」

「いいえ、何も。平和なものです」

質問が途切れたところで、依頼人はせっかちに答えを求めてきた。

「先生、あれは何なんでしょうか？」

返事は簡潔だった。

「百聞は一見に如かず」

岩辻の車で〈別荘〉に向かうことになり、ユリエはスケッチブックをしまう。今回は特技を活かせそうもないのが残念だった。そのものに首がないのなら似顔絵の描きようがない。

雑木林のせいで道路から見通しがよくない〈別荘〉に到着しても、依頼人は車から降りたがらなかった。先日のショックが大きすぎて、小屋の外観を見るだけでも動悸がするのだとか。濱地は無理強いをしない。

「では、わたしと志摩で」

ボスに続きながら、ユリエは心の準備にかかる。岩辻のように不意に出くわすのでなければ、飛び上がることもない、と自分に言い聞かせながら。

まっすぐ入口に向かうかと思った濱地は、いったん足を止めて上着のポケットから手袋を出して嵌めた。

「白い手袋が似合いますね、先生。タキシードに着替えたら舞踏会に出られそうです」

自らの緊張をほぐすために無駄口を叩いたら、笑ってもらえなかった。

「つまらないことを言わず、君も嵌めなさい。用意をしてきているね？」

幽霊と向き合うだけなら手袋の必要はない。ボスの考えていることが、ようやく理解できた。

「ここは犯罪の現場かもしれない、ということですね？」

「そう。警察の捜査が入ることも想定しておくべきケースだ。ミステリー好きなだけあって、その点については察していたようだね」

「くる途中も話していましたよね。たった今、思い出しました」

頭部と両手首だけが失われる事故というのは考えにくい。黒いジャケットの男は、何者か――オレンジ色のジャンパーの男？――によって殺害され、身元が突き止められないように顔と指紋を奪われた可能性がある。

彼女の準備が整うと、探偵は大股（おおまた）で入口に向かい、無造作にノブを引いた。軋（きし）むこともなくドアが開く。

まさに戸口に、岩辻から聞いたままのものが佇立（ちょりつ）していた。

――おいでおいで。

ぶらぶらと揺れる手首のない右腕は、そう招いているようにしか見えない。動きは機械的でありながらテンポは一定ではなく、人間の手招きだ。計ってみたら、腕を上下させる回数はだいたい五秒間に四回。

「視えているね？」

「はいっ」

かなり鮮明な姿ではあったが、この世界と調和しておらず、ブレとズレを感じる。人間の思念が結んでいる像であることはユリエにも確信できた。

あるべき頭部を〈それ〉に乗せたら、身長は一メートル七十センチぐらい。ジャケットが皺だらけなのは元からなのか、殺害される時に犯人と揉み合ったせいなのか、どちらとも知れない。両肩や胸のあたりに付いたドス黒いものは血痕だろう。

濱地は、しばらく黙って〈それ〉と対峙していたが、やがてかぶりを振る。

「対話は成立しようがないね。彼は何も語りかけてはくれない。話すための器官を奪われてしまっているのだから当然か」

対話の相手になりそうもない〈それ〉に、探偵は問い掛けていたのだ。

「どうしたらいいんですか？　〈この人〉は殺人事件の被害者に見えますけれど、『わたしたちには視えるんです』と言って警察に通報するわけにはいきません」

「『立って手招きしているのなら、その人は生きているんでしょう』と言われかねないね。遺体を見つけないことには警察は出動してくれない」

そう言うと、ボスは〈それ〉の傍らをすり抜けて中に足を踏み入れる。気味の悪さを堪えて、ユリエも倣うしかなかった。入ってから振り返ると、戸口のものがいなくなっている。

「いなくなりましたよ、先生。どうして？」

「さあね。わたしたちに伝えることがなくなったからかな」

——おいでおいでに応えたから？

物のない小屋中を見分して回るのに三分も掛からない。板張りの床や天井におかしな箇所はなく、押入れも空っぽだ。他殺死体どころか鼠一匹も見当たらない。戸口のものは、自分の亡骸がここにあるから見つけてくれ、と訴えているのではないらしい。

食品スーパーで飲み物や食料、洗剤などを調達していたということはここで生活をしていたと思しいのに、ゴミ類はまったくないのがユリエは気になった。不審者のマナーが模範的なまでによかった、というわけではないだろう。

「ゴミがありません。片付けて行ったのは、証拠隠滅でしょうか？」

「妥当な推測だ。ビニール袋にでも詰めて持ち去ったようだ。——そこに裏口がある」

出てみると、雑木林との間に幅が一メートル足らずの小川が音もなく流れていた。これならば洗濯ができる。北側の日陰にあたるせいか、ここ二、三日は雨が降っていないのにあたりの土が湿っていたが、足跡などは残っていなかった。

「怪しげな痕跡はどこにも見つかりませんね。ここは事件の現場じゃないのかも」

ユリエの呟きに、探偵が応える。

「虫眼鏡すら持っていないわれわれに見つけられないだけだ。警察の鑑識におでましいただかなくては埒が明かない」

「でも、そのためには死体……ですよね」

「そう。〈あれ〉じゃ駄目だ」

濱地は手袋をした手で顎をひと撫でしてから、小屋の周囲をつぶさに見て回る。軽自動車が出入りした跡がないのは目撃された日の雨で消えてしまったせいだろう。ぐるりと一周してから正面に戻り、またドアを開く。

――おいでおいで。

〈それ〉は変わらず手招きしていた。

無気味なのに変わりはないが、眺めているうちにユリエは憐れさや滑稽さも感じるようになる。どこの誰なのか知らないが、このままでは救われない。

濱地は〈それ〉の前で腰を屈め、ジャケットの胸元を覗き込んだ。何か気になる点があるようだ。

「志摩君、読めるかな？　イニシャルの刺繍だと思うんだが」

ボスが指差すところに視線をやり、目を凝らすと何とか読み取れた。

「Z・Bですか？」

「わたしにもそう読める」

「あんなところに刺繍で縫いつけてあるんだからイニシャルなんでしょうね。でも、Z・Bなんて頭文字はレアかも。たとえば……別所善太郎？」

「レアな方が手掛かりとして価値が高い。これまた警察には認めてもらえない手掛かりだが」

ユリエには合点が行かなかった。

「犯人は、被害者の身元が判らなくするためにわざわざ残酷なことをしたんですよね。ジャケットのイニシャルをそのままにしておくというのは迂闊すぎませんか？」

「しっくりこないことは認めよう。だが、逆上していて見落とした可能性も否定できない。とにかくこれも手掛かりだ」

さらにイニシャルについて考えようとした彼女にボスは言う。

「ひと仕事してもらおうか」

「えっ。わたしが何を？」

頭と両手首のない〈それ〉をできるだけ克明に描くようにとのこと。顔を似せて描かなくてもよいから、いつもより難易度が低いミッションではある。

スケッチブックの出番がきた。

午後一時半。

檜原村にくる道中で買ったコンビニ弁当を車中で食べたところへ、赤波江からの電話が入った。濱地はスピーカーホンにして、ユリエにもやりとりが聞けるようにしてくれる。

「濱地さんからお尋ねがあった件ですが、首なし死体なんてものは見つかっていませんよ。隣県からもそんな連絡はきていない。コロナのおかげなのか、暴力沙汰は減っているんですよ。まあ、鉈を持った押し込み強盗やら休業中の宝飾店での金庫破りやら、乱暴な事件も起きてはいますけれどね」

頭と両手首がない幽霊についての調査を依頼された時点で、濱地はそのような形状の死体が都下で発見されていないか問い合わせていたのだ。

「首なし死体がどこかで出る、と予告しているんですね？」赤波江の口調は、面白がっているようだ。「本体よりも先に幽霊が現われたってことですか。前代未聞だなぁ。どこに出たんです？」

「檜原村にある空き家になった小屋です。志摩君と現地にきていて、これから近辺で聞き込みを行ないます」

殺されたのは白い軽自動車を足にしていた黒いジャケットの男で、オレンジ色のジャンパーの男が関与しているらしいことを話す。いずれ捜査を引き継ぐことをにらみ、刑事に予備知識を授けているのだ。

「――以上です。心に留めておいてください」

「その小屋が犯行現場だったら、鑑識が調べたらはっきりするんでしょうが、争った痕跡もないのなら現時点では無理だな。首の切断もそこでやったんだとしたら、何か遺っていませんかね？」

「肉眼では見つけられません。頭や手首の切断は、裏手に流れている小川の縁でやったと思われます。血を流してしまえるし、そこならば雑木林が視界を遮って人目につかないんです。犯人らしき男が小屋のそばで目撃されたのは六日前で、夜には雨が降っていたから、口に出すのもおぞましい作業にはいい条件が揃っていました」

刑事は唸ってから、「しかし」と言う。

「おかしな話ですね。犯人は死体の頭と手首を小屋の裏手で切り落としたとする。死体の身元を隠したかったんでしょう。そこまでしたのなら、胴体は押入れにでも突っ込んで、頭と手首だけ持って逃げればよかったのに、なんで四つのパーツに分かれた被害者を現場から持ち出したんです？」

ボスに問うてはいなかったが、どうにもそこが不合理で、ユリエも釈然としていなかった。

「何か理由があったのだろう、としか言えません。不測の事態が発生して胴体を放っておけなくなったのかもしれないし、その小屋に出入りするところを近隣の人たちにちらちら見られていたから所有者がやってきそうだ、と察したのかもしれない。後者の場合、被害者の身元を隠すための切断作業はここで済ませておくのがいい、と判断したのでしょう」

「電話捜査会議みたいになってきたな。しかし、死体が出ないかぎり、うちは動きようがありませんよ。わたしも手伝えない。空いた時間にちょっと濱地さんたちに合流というわけにもいきません」

「檜原村は本庁から遠いですしね。赤波江さんの手を借りず、志摩君とできるだけのことをしますよ。ですから——」

「了解。頭や手首がない死体が見つかったら速攻でお報せします。出てくるなら東京西部だろうなぁ」

通話を終えた濱地は、「ということだ」とユリエに向き直った。

「死体が見つかるのを待つだけではもどかしいですね。首がない幽霊と話す方法はないんですか？」

「『あなたの頭や胴体はどこですか？』って訊ければ苦労はない。頭がついていたとしても、〈あれ〉は会話する能力を持ち合わせていないかもしれないね。同じ動作を延々と繰り返すだけみたいだ」

「バグが発現したコンピュータゲームのキャラクターみたいなものですか。だけど、そうだとしても出てきた意味があるはずです。どうせ手招きするのなら、頭や胴体が埋まっているそばで『ここを掘ってください』とか身振りで示してくれたらいいのに」

「死者に要求しても仕方がない。生きて自由に活動できるわたしたちから歩み寄ってあげよう」

なおもユリエはじれったく思う。せめて頭を切断される前の姿であったら、似顔絵が描けたのに、と。その有無で捜査のやりやすさが違ってくる。

今後の調査方針は固まっていた。黒いジャケットとオレンジ色のジャンパーの男を見掛けた証人たちに会って回るという地道な聞き込みである。素人の岩辻が得られなかった情報が拾えるかもしれない。

まずは食品スーパーだ。忙しい時間帯でないせいもあってか、店長の女性は面倒がることもなく丁寧に応対してくれた。濱地の物腰の柔らかさも好感を誘ったらしい。ユリエの描いた絵——欠損した箇所は輪郭線で補ってある——も熱心に見てくれる。

「人捜しですか。こんな時に探偵さんも大変ですね。黒いジャケットの男性なら覚えていますよ。うちは顔馴染みのお客様がほとんどなので印象に残っているんです。お買いになったのは飲み物やお惣菜やパン。ペットボトルの水を何本も。それから洗濯用の洗剤やビニール袋。他にもあったかな。ええ、こんな服装でしたね。眉が墨で描いたみたいに太くて、目付きはあんまりよくありませんでした。せかせかと店内を歩き回って、こんなところに長居をしたくない、早く買い物を済ませて出て行きたいって感じ。人手が足りなくてレジを打っていたんですが、お会計をしている間、向こうは目が合わないようにしていました」

店長の舌は滑らかで、客商売で鍛えた観察眼も冴えていた。目が合わないようにしていたせいで、かえって顔をよく見られたというのだ。

「落ち着きがない人というのは、じっくり見るんです。悪さをされたら困りますから。右の目尻に黒子があったのも覚えていますよ。耳には金色のピアス」

濱地は「さすがは店長さんですね」と持ち上げてから、似顔絵作りに協力を求める。

「こちらの女性が描くんですか？　まあ、面白そう。刑事ドラマみたいですね。いいですよ。どうぞ奥へ」

バックヤードの事務机を借りて、ユリエは作業に集中することができた。黒いジャケットの男はマスク――薄いグレーの布製――をしていたので、目元から上だけしか描けないと思っていたら、顎の形なども聞けたので似顔絵らしくなってくる。

――これがZ・Bさんの顔か。

暴力で無惨に奪われたものを、ユリエはわずかながら取り戻してあげた気がした。

店長は、外見以外の情報も付け加えてくれる。

「ちゃんとお買い物をしてくれたお客様だから言いたくないんですけど、この人、清潔感はありませんでしたね。はっきり言うと、少し臭いました。お風呂に入っているのかしら、と思いましたもの。それから、店頭にアルコール消毒液のボトルを置いてあるのに、使おうとしませんでした。マスクは着けていたけれど、ウイルスなんか気にしていないんでしょう。お話しできるのはこれぐらいです。人捜しのお役に立てなくて、すみませんね。何せひと言も会話を交わさなかったので」

彼がどこの誰なのかを推理する材料は手に入らなかったが、濱地はそれなりに満足したようだった。

岩辻が話を聞いた目撃者に当たっていくが、黒いジャケットの男が乗っていた車が練馬ナンバーだったことぐらいしか新しい情報はない。オレンジ色のジャンパーの男は動かず、ずっと小屋にこもっていたようだった。深夜に徘徊していたかどうかまでは判らないが。

四番目に話を聞きに向かった相手は、オレンジ色のジャンパーの男だけを目撃した新聞販売店の店主だ。六十がらみの店主は探偵の訪問を面白がって、こちらも能弁に語ってくれた。

「空き家を誰かに貸しているんだろうな、と。不審者だなんて思わなかったんだ。怪しいと思ったのなら、岩辻さんに報せたよ。あの人、うちで新聞を取ってくれているんだし。オレンジ色のジャンパーの男を見たのは二度で、どっちも朝刊を配ってる時だった。最初に見た時は家の前に出てきて、雀にパン屑か何かをやってた。早起きした爺さんみたいだよね。あの小屋で何をしてるんだろう、暇だろうな、と思ったけれど、別に怪しむほどのことでもない。二度目は遠くから目が合ったんだけど、ここらじゃ見掛けない顔だった。マスク？　してなかったよ。まわりに誰もいなかったら着けないでしょ。どんな顔と聞かれても、通りすがりにちょっと見ただけだからねぇ。髪がぼさぼさだったぐらいしか……。片目に眼帯をしていたとか聖徳太子みたいな髭を生やしてたとか、そんな特徴はなかったよ。……ただね、どこかで見たような顔だった。ここいらの住民というんじゃなくて、テレビか何かで見た顔に似ていた気がするんだけど、思い出せないや」

どこかで見たような顔というのは重要な証言だ。濱地は食いついた。

「テレビで見たということは芸能人ですか？　あるいはスポーツ選手？　キャスターや文化人ということもあり得ますね。もう一度思い返してみてください」

ユリエも、それにかぶせて言う。

「お天気のキャスターとか、名前は知らないＣＭのタレントさんとか、色んな人がテレビに映りますよ。悪事を働いて逮捕された人なんかも」

店主は、さっき濱地が渡した名刺をズボンのポケットから出した。

「もしも思い出せたら、こちらに連絡するよ。でも、電話の前で待機はしないでもらいたいな。還暦を過ぎてからこっち、がんばって何かを思い出せた例しがない。最近のことじゃなくて、だいぶ前に見たようなんだがなぁ。すっきりした顔で、わりと男前の……。俺でも知ってるんだから、それなりに人気があったんだろうけど」

その後も空が夕焼けに染まるまで聞き込みを続けたが、手応えのある証言はなかった。二人は岩辻宅に寄って報告をする。

「本日はここまでとして、明日また出直してきます」

濱地が言うと、依頼人は「よろしくお願いいたします」と頭を下げた。立ち上がったところで、探偵はこんな言葉を投げる。

「わたしたちは、帰る前にもう一度あの小屋の様子を覗いてきます。岩辻さんは決してあそこに入らないでください。奥様も」

言われるまでもない、とばかりに依頼人は約束した。

車が小屋の前に着いたところで濱地に架電があった。赤波江からで、声に興奮がにじんでいる。

「出ましたよ、男の死体が。山中の藪でハイカーが見つけました。黒いジャケットを着ていて、頭と両手首が切断されているといいますから、間違いないでしょう。午後四時過ぎに八王子署から連絡が入ったそうで、聞いた瞬間にぶるっと顫えました」

濱地は「そうですか」と静かに応える。それから、ユリエが驚くようなことを言った。

「被害者の身元は不詳ながら、かつてテレビで顔が売れていた人物かもしれません。まだ憶測の域を出ませんが、犯人のイニシャルはＺ・Ｂです。保健所の協力を得て、ＰＣＲ検査で新型コロナウイルスの陽性と判定されたことがある者の中に、頭文字がＺ・Ｂの人物がいないか調べることを勧めます。該当者は少ないでしょう。おそらく住所は不定。その人物の交友関係から手繰った方が早く被害者にたどり着けそうだ。殺されるまで彼が乗り回し、殺害された後は犯人が逃走に使ったであろう白い軽自動車は練馬ナンバー。盗難車である公算が高い」

横で聞いていたユリエは、濱地が何をしゃべっているのか理解できない。

——今日一日、自分は本当に先生と行動をともにしていたの？

濱地が「では」と通話を切るなり、質問を雨霰と浴びせたかったユリエだが、ボスに制せられた。

「後だ。その前にすることがある」

わけが判らぬまま、車を降りるボスに続くしかない。

小屋のドアを開けてみると、戸口のものは変わらず手招きを続けていた。夜を徹してない手を振り、朝がきてもやめないのだろう。Ｚ・Ｂは幽霊というより機械と化してしまったようで、このままでは憐れでならない。

「もういいんですよ」

ユリエの傍らで、濱地が慈父のごとき口調で〈それ〉に語りかけた。

「あなたの体が見つかりました。欠けたところもいずれ発見され、すべてが明るみに出ると信じています。ここには、しかるべき準備をした警察官がくる。だから、もういいんです」

声に出さずユリエも念じる。耳を持たない相手に伝わるかしら、自分の力が及ぶだろうか、と心許なく思いながら。

――ここにいなくてもかまわないんですよ。あなたは、ここにいなくていい。

〈それ〉は、虚空へ溶けるように消えた。


中華料理店の店頭にテイクアウトの弁当が並んでいたので、車でそれを夕食にした。二食続けて車中での食事だ。よく働いて空腹だったせいか、ことのほか美味に感じた。

「先生の推理が的中していたら、警察は大助かりですね。猛スピードで捜査が進みそう」

唐揚げを箸で挟んだユリエが言うと、濱地は「いやいや」と首を振る。

「電話でも言ったとおり、推理どころか憶測にすぎない。大はずれでないことを祈るばかりだ。今頃、赤波江さんは頭を抱えているかもしれないよ。『死体発見前に頭と手首のない幽霊を視ていた心霊探偵によりますと』なんて捜査本部に伝えられないからね。まあ、どうにかしてくれるだろう。彼は慣れている」

「事件の全貌が明らかになるまで、調べることがたくさんありますけど――」

「警察には、たくさんある。しかし、私立探偵のわたしが岩辻さんに依頼されたことは解決した。〈あれ〉が何なのかを突き止めた上で、いなくなるようにした。殺人事件は調査の過程で判明した付随的なことだから、それを専門にしている警察にお任せすればいい。――この炒飯はおいしいね」

〈あれ〉が消えたことは、先ほど電話で依頼人に報告した。近いうちに警察がやってくるが、説明がひどく面倒だから、不審者が出入りしていたのは隣人から聞いていたとだけ話せばいいだろう、という忠告も添えて。

「さっきの先生はまるっきり名探偵で、びっくりしました。憶測なんて謙遜が過ぎませんか?」

「謙虚ぶったりしていない。わたしがしたのは手持ちの情報をそれらしく組み立てただけで、確たる論理のない辻褄合わせでしかないよ。言葉本来の意味において、あんなものは推理と呼ばない。他のストーリーを思いつかなかったんだ」

「そうかなぁ。だとしても、ぱぱっと素早く組み立てたものです。助手としては、赤波江さんより先に聞きたかったな、と残念に思っています」

「不確かなストーリーだから話さなかったんだが、悪かったね。黒いジャケットを着た首なし死体が見つかったと電話で聞いて、勢いでしゃべってしまった」

「いいです。今日は二食とも奢っていただきましたから」

濱地が頭の中でどのように手掛かりを組み立てていったのか、ユリエはなぞってみる。

どこからか不審者が二人やってきた。オレンジ色のジャンパーは小屋に閉じこもっていたらしい。黒いジャケットは飲料水や食料や洗剤など生活のために必要なものを調達して運んでいた。黒がオレンジの世話をしていたのだ。風体その他からして両人とも宿なしのようで、ねぐらを求めて流れてきたのだろう。そんなに困窮していたのなら、黒が乗っていた練馬ナンバーの軽自動車は盗難車と思しい。オレンジが小屋に閉じこもっていたのは何故か？　水や食べ物などの買い出しを黒に任せていたのは、オレンジが運転免許を持っていなかったからとも考えられるが、運転できずとも同行すれば用事が早く片づくし、外の空気を吸う機会にもなったはずなのに。

ここで濱地の発想は飛躍したのだ。オレンジは新型コロナウイルスに感染しているため、自らを小屋に隔離していたのではないか、と。発熱などの症状が出ていたのかもしれないが、早朝、雀に餌をやっていた頃は恢復期に入っていたようでもある。オレンジが黒の世話になっていたと考えると筋は通るが、新たな疑問も生じる。黒は物資を調達していただけでなく、小屋に滞在していたようだ。オレンジが自分を隔離していたのなら、黒が同居していたのはおかしい。

濱地の発想は、もう一度ここで飛躍する。黒は新型コロナを恐れなくてもいい人間だったと考えたらどうか？　食品スーパーの店長の証言にあった消毒への無頓着さの説明にもなる。新型コロナを警戒しなくてもいい人間とは、すでに感染したことがあり、自分が抗体を保持していることを確信している者。

どのような間柄だったかは不明だが、頼り頼られという関係だったこの二人の間で諍いが起きる。おそらくは突発的な事態だっただろう。片方が片方を殺害してしまった。〈あれ〉を視たことで黒が被害者だと思い込んでいたが、頭部が切断されているのだから決めつけるのは早計だった。ここでも探偵の発想は大きくジャンプした。

オレンジが黒を殺したのなら、被害者の顔が判らなくなるようにする強い理由はない。黒は何人かの人間に顔を晒していたのだから。証人が首実検に臨んだとしても「この人を見掛けたことがある。誰なのかは知らない」で終わりだ。

一方、オレンジが被害者だった場合、彼の顔を至近距離で見た者がいないから、その頭部を持ち去るメリットは大きい。ましてやオレンジが元タレントなどだったら、死体が発見された場合は顔貌から身元をたどりやすく、その周辺を洗ったらするすると犯人に結びつきそうだ。その逆はたどりにくい。だから——切り落とした。

オレンジを殺してしまった後、黒は考えた。どうせなら死体に自分の服を着せておけばいいのではないか。目付きが鋭くて眉の太い男が殺されたとみなされたら、警察は目付きが鋭くて眉が太い自分を容疑者扱いして追ってはこない。イニシャル付きのジャケットを現場に残すことになるが、警察が持ち主のZ・Bにたどり着いたとしてもかまわない。どうせ過去の自分を捨てたかったのだから。

「喧嘩になった理由も、先生が言ったとおりのような気がします。勘ですけれど」

「どうだろうねぇ」

都内で起きた鉈を持った押し込み強盗事件。濱地はその犯人が黒いジャケットの男で、相棒が重罪を犯したことを知ったオレンジのジャンパーが責め、口論になったのかもしれないと考えていた。さすがにこれは飛躍がすぎる気もするが、死体切断のための道具を黒が持っていた説明はつく。

「殺されたのが誰なのかまだ判らないけれど、死んだ後も他人のことを思いやる気持ちがあったんですね。遺体がどこにあるとか、犯人が誰かよりも、この小屋に入るなと伝えたがっていたなんて」

「憶測だよ、それも。彼は何も語っていない」

「先生の憶測が当たっていたから、あんなふうに消えたんだと思います」

――おいでおいで。

あの手の動きをみんな取り違えていた。くるなくるな、この小屋の中はウイルスで汚染されている、と近づくものを追い払っていたのだ。だとすると、進入を阻むように戸口に立っていたことに説明がつく。二人が小屋に入ると視えなくなったのも道理であった。

　食事を終えると、「さて」と濱地は車を出す。八王子インターから高速に入ったところで、ユリエは留守にしている事務所に電話が入っていないか確かめることにした。逐次チェックすべきなのに、つい忘れていたのだ。伝言が二件あったので再生してみると――。

「えっ？」

　砂嵐に投げ込まれたような、ざらついたノイズ。その中で、誰かが甲高い声を発し、尋常ではない早口でしゃべっていた。耳にした瞬間、背筋に氷を押し当てられた気がする。恐怖に駆られながら、ユリエはスピーカーホンに切り替えた。

「先生……これ」

　おぞましい声が車内に広がり、探偵は眉根を寄せた。ノイズの奥からの声が急に低くなり、ひと言だけ聴き取れる。

『タ、ス、ケ、テ』

　戦慄（せんりつ）しながらも、ユリエは懸命に耳を澄ます。高まるノイズに掻（か）き消されつつ、低い声が歪んで、また聞こえた。

『たぁすぅけぇてぇ』

「これだけでは何を依頼しようとしているのか判らないが――」

ハンドルを握った濱地は、まっすぐ前方に目をやりながら言う。

「次の案件らしいね」

囚われて

濱地健三郎。――心霊現象が関係する事案だけを専門に扱う私立探偵。

不思議な人だ、と進藤叡二はあらためて思う。大学の漫画研究会時代から心安くしてくれていた先輩・志摩ユリエがそんな探偵の下で働きだした時は、怪しげなところに勤めたりして大丈夫なのだろうか、と心配した。

濱地探偵事務所での仕事は、似顔絵の才を活かせることもあってユリエには刺激的でやりがいのあるものらしかったが、そう聞いてもあっさり安心はできなかった。助手を務めているうちに彼女にも霊的な能力が芽生えたと聞いて、ペテン師のボスに洗脳されたのでは、という疑念を抱いたこともある。彼女から心霊探偵の手腕について繰り返し聞かされても完全には信じられなかったのだ。

しかし――。

悪いものに憑かれた友人を窮地から救ってもらったり、別の機会に濱地が邪霊のごときものを打ち負かす現場に立ち会ったりして以来、彼の特異な能力を微塵も疑ってはいない。あんなにはっきりと見せつけられては……。

霊的な能力を有していることに関係しているのかいないのか、濱地本人もミステリアスな人物である。髪をオールバックに撫でつけ、高級そうなスーツの着こなしには隙がなく、物腰が優雅と言っていいほど柔らかくて、声は凜とよく響く。そして、実際のところ何歳なのかはさっぱり判らない。ざっくり〈中年〉で括られる幅の端から端まで見渡したとして、濱地はどの位置にも当て嵌まりそうなのだ。そんな人は他に知らない。

彼をモデルにした漫画原作が書けるのではないか、と考えて、ユリエが事務所に勤める前の探偵譚を当人に語ってもらったこともある。が、聞き出したエピソードをそっくり拝借するわけにはいかないし、主人公たる心霊探偵をオリジナルのキャラクターにしたいのに、濱地のイメージが邪魔をしてなかなか設定が作れずにいる。

「なんか、こう……新しさが欲しいよな」

思わず独り言が洩れたが、叡二の近くの席には誰もいなかった。気持ちのいい四月下旬の風が吹いているというのに、オープンエアのカフェに客は疎らだ。明治通りを流れる車をぼんやりと眺めながら、彼はアイスコーヒーを啜った。

主人公の造形だけではなく、物語を包む世界観も重要だ。心霊探偵やゴーストハンターが活躍するフィクションには洋の東西を問わずいくつもの先例があり、現在も人気作品が書かれているから差別化をしなくては埋没してしまう。そこが一番の勘所だと判ってはいても、彼にとっては難題だった。

　濱地の仕事を手伝ううちに特殊な能力を持つに至ったユリエから「面白いね、それ」と言ってもらえるようなもの。その着想が得られない。濱地健三郎に何度もインタビューを受けてもらうわけにもいかないから、その右腕となった彼女の話をもっと聴くべきか。

　いや、漫画原作がどうこうは関係なく、ユリエに会いたい。まだ緊急事態宣言下ではあるが、新型コロナウイルスの感染拡大がピークを過ぎつつあるようなので、近々、久しぶりに食事に行くことになっている。約束をした日から楽しみでならない。店内がゆったりとして換気のよさそうなトラットリア。あそこなら〈三密〉は避けられる。場所は新宿三丁目。会えるまで、あと五日。

　コロナ禍の前のように気軽に食事に行って、日帰りの旅にも出たいものだ。泊まりがけの旅に誘う度胸はないけれど——。

　不要不急の外出の自粛、ステイホームが叫ばれるようになってほどなく、知人のデザイナーが交際していた女性と同棲を始めた。「一緒に住みたいとお互いに思っていたので、緊急事態に背中を押された感じだね」と言って。自分とユリエの仲が深まっていたら、ああいう展開もあり得たのかもしれない、などと思った。

「おっ、進藤君だ」

低い声がした方を向くと、重そうなバッグを肩に掛けた小太りの男の笑顔――マスクのせいで口元は隠れていたけれど――があった。

「残間さんじゃないですか。ご無沙汰してます。お変わりなさそうで」

この界隈には中小の出版社が点在していて、叡二もその一つに立ち寄った帰りだ。同業者とばったり出会っても驚くようなことはない。

残間廣平は「いいかな？」と断わってから、当節のマナーに従ってか叡二の斜め前の椅子に腰を下ろした。正面の席には、どかっと荷物を置く。

「うん、元気でやってるよ。二、三ヵ月前から新型コロナで世間は様変わりしちゃったけれどね」

ジンジャーエールを注文してから、「これ、今日は暑いわ」とジャケットを脱いで椅子の背に掛け、ハンカチで額を拭った。暑がりで汗かきなのだ。

残間と知り合ったのは一年ほど前。ライター稼業をしている仲間たちの飲み会で挨拶を交わしたのが最初だ。売れっ子漫画原作者をめざしながら、何でも手広くこなすライター稼業で生計を立てている叡二と違い、残間は大学院で専攻した民俗学をベースとした記事を硬軟とり交ぜて書いていた。もう四十に近く、この業界では古株に属する。

「色んな企画がポシャって、仕事が減ったね。緊急事態宣言とやらのせいで図書館が休館になって調べものがやりにくいし、遠出も憚られるし、おまけに書店が店を閉めて本も雑誌も売れないときたら、出版社が困ってこっちもダメージを食らう。みんな家でどんどん読書してくれたらいいのに」

まずは愚痴を並べるが、楽天家でさばさばした性格だから口調は暗くない。

「そっちはどう？」と訊かれ、「何とかやっています」と答えた。貯金を取り崩したりもしているが、収入が途絶えたわけではないから経済状態はさほど深刻ではない。もとより学生時代から慎ましく暮らしていた。

「流れてくれてよかった企画もあるけれどね」残間は苦笑する。「またぞろ心霊スポットを探訪して、そこに秘められた真実を民俗学的に考察するという仕事がきていたんだ。去年の夏、『神秘と驚異』に書いたのが読者にも編集部にも好評だったからって。残間廣平の無駄遣いはやめてください、って抗議したくなるのを呑み込んで世過ぎのために引き受けていたんだけど、取材に行けなくなって、やれやれだ」

「残間さんは心霊に強い、ってことになっていますからね」

「風評被害だよ。いや、飯のタネだから仕方がないんだけれどね。これまでほいほい引き受けて、心にもないことを書き散らしてきたし」

残間は、その類の話をまるで信じていなかった。それでも読者を馬鹿にしたりはせず、オカルト的興味の合間にその地の歴史や風習――ここに読み応えがあったりする――を織り交ぜ、彼なりに誠実な文章を書いているのを叡二は知っている。

「最近はどこにも行かず、ですか？」

「一箇所だけ。個人的に行ってみたいスポットがあったので、昨日、日帰りの強行軍で秩父方面へ。荒れ果てた神社で、さして面白くもなかった」

　がっかりした表情を見せたので、おや、と叡二は思った。面白い発見を期待して出向いたのなら、退屈な仕事と割り切っての取材ではなかったのか？　引っ掛かったので口にすると、残間は大袈裟に感心した。

「爽やか系でスレンダーなだけじゃなくて、進藤君は観察と洞察が鋭いね。ああ、そう。嫌々ながらじゃなくて、自分の本を書くための取材だったのさ。内緒にしておいてくれ。ここでばったり会ったのも縁。君には打ち明けよう」

　どんな重大な話かと思ったら――東京を引き払って郷里の長野に居を移し、そこでかねて構想していた本の執筆に専念するのだという。

「各地に残る奇習について大胆な新解釈を加え、そこから日本人の無意識の深層に迫るというのがコンセプトで、口幅ったいが俺にしか書けない本だ。オカルトは抜き。コロナウイルスも騒音もない静かな環境に身を置いて、半年ぐらいで脱稿したい。両親が死んでから生家は空き家になっているんだ。俺さえその気になれば、独り身だから気軽に動ける」

　声が弾んでいた。

「なんか羨ましいですね」

「羨ましがられるようなことじゃない。売り込み先はまるで決まっていないんだ。ものにならなかったら大変だから、必死でいい原稿を仕上げないと」

「応援しています。――やっぱりオカルトは抜きなんですね」

「当たり前だろ。そういうのから逃れるために書く。本来、俺はオカルティズムとは無縁の人間だ」

　ここに濱地健三郎が――あるいはユリエが同席していたら、どんな反応をするだろうか。無縁でもありませんね、と指摘する場面を想像してしまう。

　そう思うのには理由がある。ある雑誌の仕事で残間と組んだ折のこと。

二人が担当する記事――関東一円のパワースポットを紹介する特集だった――のまとめ方を飲み屋で打ち合わせした帰りにハプニングがあった。駅の近くで大道易者に呼び止められたのだ。

「ちょっと、お待ちなさい」

　宗匠帽をかぶり、顎鬚をたくわえた高齢の易者だった。行燈のぼんやりとした灯りに照らされた顔には皺が深かった。白い布をかぶせた台の上には算木、筮竹、天眼鏡が載っており、その背後には人相や手相を図示した張り幕。

「僕ですか？」と叡二が足を止めて訊くと、いやいやと首を振る。

「あなたではない。そっちの人だ」
二、三歩行き過ぎてから、残間が後退りで戻った。
「俺？　易者さんに観てもらう趣味はないよ。ごめんなさいね」

「そのまま！　占いの押し売りをするつもりはない」

その眼力と威厳のある声に叡二はたじろぎかけたが、残間はへらへらと笑う。

「無料で何か忠告して、『この先は見料をいただく』とか言うんじゃないでしょうね。死相が出ているとか、気分の悪いことは言わないでくださいよ。ほろ酔いで家路に着くところなんだから」

「死相などというものではないが……」

易者は言葉を選んでいるようだった。視線を残間の背中あたりに向けて。

「このところ心身に変わったところはないかな？」

「いたって健康です」

「お身内の方も？」

「親は両方とも他界していて、妻子は持ったこともなし。ペットもいない。残念でしたね」

易者は開いた右手を突き出して、「そのまま」と再び残間を制する。

「最近、ふだんとは違うところに行ったのではないか？」

「すごい、当たりました——と驚くほどのことでもない。年がら年中、仕事で色んなところに行くので」

「直近ではどこへ？」

残間は返事を渋った。

「プライバシーに関わるから答えるのは気が進まないなぁ。すべてお見通しの易者さんなら言わずとも見当ぐらいはつくでしょう」

実際はプライベートなものではない。先ほどの居酒屋で聞いたところによると、『月刊☆神秘と驚異』の取材で山梨県下のとある廃寺に足を運んでいたそうだ。

「どこに行ったかまでは判らんが、そこは霊気の強い場所だったのではないか？　あるいは、ただならぬ霊気を帯びたものに触れた」

先輩ライターが赴いた廃寺の一隅には、明治時代に起きた忌まわしい事件にまつわる塚があったという。あまり世に知られてはいないが、小さな共同体を崩壊させる惨劇だったらしい。易者の適当な見立てがたまたま的を射ただけなのか、ある種の霊能力によって見通したのか、叡二は興味を掻き立てられた。

「訊かれても困りますねぇ。わたし、そっちの方面のパワーを感知するアンテナがないので」

素っ気ない残間の態度に、易者は不快がるふうでもない。慣れているのか。

「アンテナがないのは、あなたにとって幸いなのだろう。平穏に暮らせるのはよいことだ。多少は感知できるのであれば……」

気を持たせる言い方をしたので、残間は易者の前に立ち、見下ろしながら尋ねた。

「俺にそっち方面のことが感じられたら、どうだって言うんです？　よからぬものにストローで生気を吸い取られてしまうのかな」

「そうなる場合もある」

オカルト懐疑派の残間にすれば、そんな言い草は馬耳東風だ。にやにや笑うだけで、気にする気配もない。

「ところで、俺を呼び止めた理由は何ですかね。本人に自覚がないだけでよからぬものが取り憑いているから、お祓いをしてもらえ、なんなら自分がやってあげてもよい――とか？　ご親切はありがたいけど、そういうことだったら結構です」

易者は言い返しはせず、うんうんと頷いた。やがて右手が上がり、残間の背中のあたりを指差す。

「首筋から腰にかけて、視たことのないものがくっついている。朽葉色の塊で、押すと水枕みたいにぶよぶよしていそうなんだが、何も感じないんだね？」

「全然。先生にはそんなのが視えているんですか？　さすがだねぇ。――どう、進藤君？」

背中を向けられたが、「僕には何も」と答えるしかなかった。

「まぁ、ご商売に精を出してください。ご機嫌よう」

残間が去ろうとしたところで易者は黙って何かを卓上に置いたので、踏み出しかけた足が止まる。

「見料も何も要らんから、これを身に着けていなさい。あんたのような人を見掛けるたびに渡している護符だ」

名刺を縦に切ったぐらいの紙片に、宇宙人が書いた文字のようなものが墨で記されている。密教やら陰陽道（おんみょうどう）やら修験道で使われる護符・霊符を見る機会は叡二にもあったが、独自の流儀で書かれたものらしく、どれとも趣が違っていた。

「……財布にでも入れておけ、と？」

残間は手渡されたものを見つめて呟（つぶや）く。

「肌身離さないのがいい。ケースに入れて傷まないようにしてな。そうしておけば、〈おかしなもの〉は擦り切れてなくなる。いいな？」

突き返すのも大人げないと思ったのか、残間はその場で財布にしまって、「ありがとう」と礼を言い、二人は易者と別れた。

もしも濱地とユリエが居合わせたら、顎鬚の易者と同じものを残間の背中に視たのだろうか？　残間にどんなアドバイスをしたのか、あるいは本人が無自覚だから何もしなかったのか。

「易者から護符をもらったことがありましたよね」

尋ねると、残間は「ん？」と叡二の顔を見る。

「いつぞや進藤君と歩いている時に、そんなことがあったね。もらった護符なら、とっくにない。剝き出しのまま財布に入れていたら紙屑みたいになったので捨てちゃったよ」

粗末な扱いをしてしまった、と悔いる様子などない。

「捨てても差し障りはありませんでしたか？」

「もちろん。急におかしなことを訊くんだな」

「いえ、ふと思い出したもので」

彼も自分も霊的な存在に対してあくまでも鈍感で、それは喜ぶべきなのかもしれない、と叡二は思った。

濱地健三郎と志摩ユリエは、無言のまま顔を見合わせていた。探偵は窓際の自分の椅子に座り、助手は机を挟んでその前に立っている。先に口を開いたのはユリエだ。

「手の込んだ悪戯の可能性はないんでしょうか？」

ボスは短く唸ってから、机上の電話に手を伸ばした。

「愉快なものではないけれど、もう一度再生してみよう。思わぬヒントが含まれているかもしれない」

「はい」とユリエは身構える。

濱地がボタンを押すと、愉快ならざる声と音が事務所に流れた。粗い砂を擦り合わせるようなノイズ。空気を勢いよく吸引するような轟音。甲高い人間の声らしきものがそれに交じっている。人がしゃべっているのだとしたら恐ろしく早口だ。心をざわつかせる音が十秒ばかり続いたところで、不意に明瞭な声がした。

『タ、ス、ケ、テ』

――助けて、としか聞こえない。

やっと聴き取れたと思った途端、声を掻き消そうとするかのごとくノイズの音量が増した。神経を集中して聴いていると、耳の奥がむずむずしてくる。

――そろそろ、くる。

ユリエが思った次の瞬間、苦悶に満ちた声が訴える。

『たぁすぅけぇてぇ』

思わず唇を嚙んだ。濱地の助手となってから尋常ではないものをいくつも見聞きしてきたが、耳をふさぎたくなった場面はそう多くない。今は、われ知らず両手が耳のそばまで持ち上がっていた。

波打つように大きくなったり小さくなったりするノイズに抵抗し、声は懸命に何かを伝えようとしている。ココと聞こえた。

濱地は電話の脇のメモパッドに素早く〈ここ〉と控えた。

『ココ……ダシテ……』

また濱地が書き取る。〈だして〉と。

メッセージの残りが少ない。何度も再生していて、終わり際にノイズが最高潮に激しくなることを知っているから、ユリエは心の準備をした。事務所内に不快な音があふれたかと思うと、メッセージはぷっつりと切れた。

「志摩君、どうだ？　わたしにはこれだけしか聴き取れなかった。若い君の方が可聴領域は広いはずなんだが」

メモを示す探偵に、「若くても無理でした」と答える。

「お役に立てなくて、すみません。リスニングに関しては先生も人間だったんですね」

「どこを切ってもわたしは人間だよ。お化けの眷属なんかじゃない。——やれやれ、どうしたものかな」

「わたしが提案したいのは、ここでコーヒーにするかどうか、です」

「一も二もなく賛成だ」

ボスが決断を下したので、ユリエはてきぱきと淹れた。揃って応接スペースに移動し、彼女はふだん依頼人が座る側のソファに腰掛ける。湯気が立つカップを前にして、二人は同時にマスクをはずした。

昨日は濱地がレンタカーを運転して檜原村まで行き、その日のうちに案件を一つ処理した。緊急事態宣言が出てから二人で遠征したのは初めてのことだ。早期解決にほっとしたのも束の間、留守にしていた事務所には無気味なメッセージが録音されていた。

事務所の二つ上のフロアに住んでいる濱地は「明日、わたしが処理しておく」と言ったが、ユリエはボスだけに任せる気になれなくて事務所に出てきた。日曜日であるにも拘らず。

「これって、悪戯じゃなかったら先生への依頼ですよね。助けを求めています。切迫した感じでしたから急を要するみたい」

「のんびりした様子ではなかったね」

「メチャクチャ切迫していますよ。『もしもし、そちらは濱地探偵事務所ですか?』も何もなくて、いきなり『タスケテ』ですから。『そちらは――』の部分は雑音で聞こえなかったのかもしれませんけど、とにかくSOSです」

右手にカップ、左手に受け皿を持ったまま、探偵は固まっている。見慣れない姿だった。やがてボスは動きを取り戻して、コーヒーに口をつける。

「電話は、もう一度かかってきていたね」

「はい。今聴いたものが昨日、四月二十五日の午後二時二十六分。二回目はその五分後の二時三十一分」

「だが、ノイズばかりで何も聴き取れず、たった四秒で切れてしまった、と」

「何者かに邪魔をされたみたいです。依頼人のそばに誰かいるんですよ。誰かというより、何かが」

「決めつけるには根拠に乏しい」

「邪魔が入らなかったのに四秒で切れてしまったのなら、それもまずくないですか？　依頼人が衰弱していて、受話器さえ持てなくなっていたのかも」

濱地は手帳を開いて、〇三で始まる十桁(けた)の番号を読み上げた。ナンバーディスプレイに表示されていた電話番号である。

昨夜の日付が変わった頃、事務所へ戻った濱地がその番号に電話をかけてみたところ、「現在は使用されていません」と音声ガイドがすげなく応えたという。先ほども架電してみたが、結果は同じだった。

「その番号に該当するエリアは浅草橋(あさくさばし)あたりでしたよね」

これはタブレットでユリエが調べた。番号を検索エンジンにかけてもヒットしなかったから、公共の施設や事業所などではなく個人宅のものの公算が大きい。ＮＴＴの番号案内にも当たったが、電話帳に記載されたことがない番号らしく空振りだった。となると、浅草橋の界隈からかかってきたと判るのみで、番号の主をたどる糸はそこで切れる。

「先生が昵懇（じっこん）にしている弁護士さんっていないんですか？」

電話番号からその契約者を調べる術（すべ）は、一般人にはない。しかし、弁護士には職務上特別の権限があり、条件を満たせば弁護士会を通して電話会社に契約者を照会することが可能だ。

目下、強いつながりを保っているのは警視庁捜査一課のとある刑事だけではあるが、濱地は警察にコネクションがある。だから、こういう相談を持ちかけられる弁護士がいてもおかしくはない、とユリエは思ったのだが――。

「君が何を考えているか判るが、残念ながらいない」

「面識がある、というぐらいの人も？」

「その程度の人では、相談に乗ってもらうために事情を説明しても理解してくれないよ。だいたい、わたしみたいな探偵は弁護士と縁がないのも道理だろう」

「道理……です」

トラブルを抱えてやってくる依頼人を助けるため、弁護士を交えて幽霊に示談を持ち掛けるなんて喜劇的なケースがあるはずもない。――いや、時として濱地は世にも突飛な方法をもって事案を処理することがあるから、今後も絶対にないとは言い切れないが。

ユリエは、濱地とともに依頼人のために尽すことに喜びを感じ、また誇らしくも思っていた。霊的なものが原因で苦しむ人たちにとって、心霊探偵は命綱だ。この役目はレスキュー隊員にも神の手を持つドクターにも務まらない。

――今回の依頼人は、悲痛極まりない声でかろうじて「タスケテ」と電話してきた。絶対見殺しにできない。でも、どうしてあげたらいいのか判らない。

彼女には元漫画家志望者ならではの画才があり、それによって濱地の手助けをしてきたのだが、本件では怪しきものを絵に描くこともできず、もどかしさが募る。

「正攻法が駄目だとしたら裏技を使うしかありませんよ、先生。蛇の道は蛇。わたしが昔いた事務所に調べてもらいましょうか？」

もちろん心霊現象とは無縁の探偵事務所だが、頼めば濱地にできない調査をこなしてくれる。親しかった先輩にサービスをお願いするのは虫がよすぎるので調査費として数万円はかかるだろう。だが、依頼人の命が懸かっているのなら、それしきは惜しめない。

背に腹は替えられない場面だと助手は思うが、ポリシーに合わないのかボスは黙っている。

「先生はそういうのは嫌いですか？」

「有効ならば利用してもいいが、今日中に結果が出ないだろう。数日かかることもあるから、間に合いそうにない。違う手立てはないかな」

「たとえば？」

「思いついたことを言うから、君も考えてくれ。——あの声の主は、どうしてここに電話してきたんだろうか？」

「『タスケテ』なんだから、ピンチを救ってもらいたいんでしょう。心霊現象に悩まされているんです」

「そうに決まっているじゃないの、と言いたげだね。わたしは結論を保留しているんだが、まあいい。——声の主は、何故うちの番号を知っていたんだろう？」

「今さらそれを言いますか」

　この探偵事務所は駅に看板を出すでもなく、ウェブサイトを設けているでもなく、広報はいっさいしていないのに依頼人が途切れない。ここを頼ってやってくる人たちは口を揃えて言うのだ。「心霊探偵の電話番号を耳にしたので」と。

「今回の人も、たまたま知っていたんですよ。いつもそうじゃないですか」

たまたま聞いた番号が記憶に残るのは、覚えやすい語呂合わせになっているからである。そんな便利な番号は、濱地によると「事務所を開設した時、たまたま空いていた」のだそうだ。

「こうも考えられます。ふと耳にしたうちの番号を覚えていて電話してきたのでないとしたら、声の主はリピーターなのかもしれません。以前も先生に何かを依頼して、解決してもらったことがある。だから今回も頼ろうとしている、というのはどうでしょう？」

鮮やかな仮説だとユリエは思ったのだが、ボスの表情は変わらない。

「実は、わたしもその可能性を考えた」

「あ、そうでしたか。もしかして、声に聞き覚えが？」

「いいや。あの音質であんなに歪な発声では、志摩君からのものであっても判らないよ。誰のものか見当もつかないまま、過去の依頼人についてのデータを洗ってみた。しかし、あの電話番号の記録は残っていなかった」

今朝、ユリエが事務所に出勤すると、ボスは大きな欠伸をしていた。見られて少しバツが悪そうだったが、彼が欠伸をするのはごく稀で、睡眠時間を削って真夜中にあれこれ調べていたことが窺える。緊急性がありそうなので、ほったらかしてベッドに入れなかったのだろう。

「しかし――どういう経緯なのか知らないけれど、電話をかけてくるのが遅いね。声の主は、すでに危機の渦中にあるようだった」

　これまた珍しい言い草だ。運ばれてきた患者を見るなり「どうしてもっと早く連れてこなかった。これでは手遅れかもしれん」とまず叱る藪医者のような言は口にしたことがないのに。表には出さないが、濱地はかなり苛立っているようだ。

　ユリエは声の主をかばう。

「事態が急に進展したからじゃないですか。『この頃、おかしなことが身の回りでありまして』という段階が飛んだんですよ。『タスケテ』の後、『ココ』『ダシテ』って聞こえましたよね。外国語には聞こえなかったから、きっと『ここから出して』です。悪い霊によって、どこかに閉じ込められた状態に陥っているんでしょう」

「肉体的な拘束を受けてはいるが、電話をかける自由はある。電話機がある部屋に軟禁されているという状態？　それなら電話番号を暗記していた心霊探偵事務所にSOSを送らずとも、知人や警察にかけてもよさそうなものだ」

「できないんですよ。だって」しゃべりながらユリエは考える。「助けにきた人が危ない。拳銃を携えた警察官も悪霊には勝てないでしょう。頼れるのは心霊探偵しかいない、というわけです」

「で、濱地をこさせてはならじと悪霊が妨害をしたせいで、電話にあんなノイズが入ったのかな？」

「多分」

「空想の域を出ない。手持ちの材料が少ないから、座って考えているだけではどうしてもそうなってしまうな」

二人はコーヒーを飲み、短い間ができた。ユリエは自分の手帳に控えた例の電話番号を見ているうちに気づく。

「先生、この番号を逆から読むと語呂合わせになっていますよ」

ふざけた若者言葉のように読めなくもない。

「ああ、そうだね」

濱地は気のない返事をした。だからどうしたのだ、と目が言っている。

「これって電話の主の住所を突き止めるヒントに……なりませんよね」

「ヨイニクオイシイだったら精肉店やステーキハウスが使いそうだけれど、こんな砕けた言葉ではね。それに、お客に覚えてもらいやすい電話番号を選ぶ業者はたくさんいるにせよ、逆さに読んだら語呂合わせになっています、という例は寡聞にして知らない」

おっしゃるとおりです、と引き下がるしかない。

「やっぱり座って考えているだけじゃ駄目かな。煮詰まってきましたね」

「文脈からしてその〈煮詰まる〉はよくある誤用だが、それはいいとして——動いてみようか」

「はい。手分けして回れば、何か判るかもしれません」

　ユリエは濱地とともに浅草橋界隈に出向く気満々でいたのだが、両者の考えには齟齬があった。

「また電話がかかってこないとも限らない。志摩君には事務所に待機してもらおうと思ったのだが」

「えー、それはないですよ。もう電話、ありませんって。万一、かかってきたとしても、わたしのスマホにすぐ転送されるようにしておきますから大丈夫です」

「待った。昨日、帰りの車の中で話していたね。君は今日、進藤君と食事に行く予定があるんだろう。ほら、このまま彼に会いに行ける恰好じゃないか」

　淡いコーラルピンクのブラウスと落ち着いた小豆色のフレアスカートで、これなら仕事にも合うと思って選んだのだが。

「久しぶりのデートをキャンセルさせるわけにはいかない」

「待ち合わせの時間は夕方五時です。それまでに解決できれば問題ありません」

　助手が押し切って、二人で出動することになった。

喉が渇いていたらしく、残間はジンジャーエールのお代わりを注文した。叡二の方は、氷が解けて薄くなったアイスコーヒーを啜る。

「進藤君って、迷信深い人だったっけな。俺が護符を粗末にしたことを咎めてるの？」

「咎めたりしませんよ。残間さんがあれをもらった時の情景が頭に浮かんだので、話題にした。ほんと、それだけです」

心霊探偵と知り合いになったもので、などとは言えない。

「あの易者、よその駅前でも見掛けたんだ。また妙なことを言われたくなかったから道を変えたけれどね。今どうしているんだろう。外出自粛のせいで商売上がったりなんじゃないかな。気の毒に」

いくらか本気で同情しているようだった。

「あんなことを言う易者って、ちょっと変わっていますよね」

「護符を常備していたぐらいだから、駅前で易者をやっているとおかしなものを背負った人間をよく目にするのかねぇ。いや、本当に背負っちゃいないけど、いわゆる霊能者の皆さんからはそう見える人間をさ」

いつだったかユリエに訊いてみた。街を歩いていて、どれぐらいの頻度で霊的なものを視るのか、と。彼女の答えは「霊柩車を見掛ける機会よりは少ない」だった。

「霊能者ってさ」人恋しかったのか、今日の残間はよくしゃべる。「けっこういるよな」

「……そうですか？」

「進藤君は出くわさない？　案外そこらにいるんだよ。俺はそういう人を引きつける力があるみたいで、よく会う。よくと言っても、年に二、三回だけれど。歩いていたら呼び止められて、『あなたの後ろに〈おかしなもの〉がいますよ』

「年に二、三回そういう経験をするんですか？　それは間違いなく多いですよ。失礼かもしれないけれど、普通じゃない」

　濱地とユリエがこの場にいたら真偽が確かめられるのに、とまた思う。

「〈おかしなもの〉って、あの易者が言っていたようなものですか？」

「巨大な水枕？　いや、あれはあの時だけ。みんな言うことが違うんだ。六本木のバーで居合わせた素性の知れない派手なマダムによると、『右肩の上に悲しそうなお爺さんの顔が浮かんでる』だってさ。取材で軽くインタビューをした自称オカルト研究家のお兄さんには『嫌な感じのものを連れていますね』と言われた。顔が半ば崩れ、がりがりに痩せた小さな人が、後ろをついて歩いているんだそうだ。襤褸をまとっていて身の丈は俺の膝の高さぐらい。俺とその人が椅子に座って話している間、そいつは横に突っ立っているんだって言われて、どんなリアクションをしたらいいやら困ったね」

「それだけ指摘されても残間さん自身には何も視えない？」

飲みかけていたジンジャーエールで残間は噎せた。

「視えたら俺も〈お仲間〉じゃないか。勘弁してもらいたいね」

自分は〈あちら側〉ではなく〈こちら側〉に立っている、と信じているのだ。しかし、残間が年に二、三回という高い頻度で霊能力者を自称する人に声を掛けられるのは、はたして偶然だろうか？

「そういう人、つまり霊能者を引きつける力が自分にはあるみたいだ、と言いましたけれど、残間さんが引きつけているのは〈おかしなもの〉なのかもしれませんよ」

相手は真顔になる。

「進藤君は変わったね。以前は俺と一緒に『また心霊スポット巡りですか。夏号だからってワンパターンだなぁ』とぼやいていたくせに、宗旨替えしたのかな？〈おかしなもの〉が実在するみたいに言うじゃないの。そりゃあ、視たような気になる人は実際にいるようだ。でも、そんなのはすべて思い込みとか錯覚。人の気を引いたり楽しませようとするのが目的の虚言がそこに加わってできているのがオカルトの世界。ワンワードで言ってしまうならファンタジーだ。死んだらおしまいと思いたくない人間の性が生む物語。だから、体系が構築された神秘学も通俗化したオカルト趣味も、物語としては民俗学の研究対象になり得るかもね。俺はやらないけど」

水掛け論にしかならないな、と思いつつも、叡二はさらに訊く。

「ファンタジーだとしても、馬鹿にできないリアリティがありますよね。人間は幽霊が出現しそうな場所を怖がります。本能的にその実在を知っているかのように。残間さんは、子供の頃に怪談を聞いた後、怖くてトイレに行けなかったことはありませんか?」

「子供は無垢で無知だから、幽霊でも妖怪でも信じてしまうだけだよ。常識がしっかり身についた大人でトイレに行けない人はいないだろ。中には怖がりもいるだろうけど、それは子供時代の名残にすぎない。ちなみに俺は、怪談をちっとも怖がらない可愛げのない子だったね」

残間はちらりと腕時計に目をやる。のんびりしているようでいて、この後の予定があるらしい。

「恐れるべきは〈おかしなもの〉より感染症。コロナで失業して、電気やガスを止められそうになっているところへ幽霊が出てきたら、『それどころじゃねーよ!』って、みんな怒鳴るだろ。――さて、引っ越しの準備があるから行くよ。二枚目の顔で思索にふけっているところへ邪魔したね」

座ったままジャケットをもそもそと羽織る残間に、いつ引っ越すのか尋ねてみると、四日後の土曜日だという。

「お手伝いが要るようでしたら行きます」

「ありがたいけれど、いいよ。コンパクトな引っ越しだから。実のところ、完全に東京を引き払う踏ん切りはついていない。コロナが収まったら、やっぱりこっちを拠点にするかもね。ということで、今後ともよろしく」

グラスに残っていたジンジャーエールを飲み干す男に向かって、どうしようか迷った末に、叡二は言う。

「長野に行ったら、〈おかしなもの〉が視える人に声を掛けられる機会も少なくなるでしょうね」

「めっきり減りそうだね」

「〈おかしなもの〉を引き寄せるらしい残間さんのことがちょっと心配になります」

小太りのライターは笑った。

「転居しても俺の体質は変わらないだろうからな。当人が視たり感じたりしないんだから心配は要らない。——だけど、いざ声を掛けられなくなったら、少し淋しいかもしれない。霊能者というのは親切な人が多いんだ。俺を気遣って何くれとなくアドバイスをしてくれたり、護符やら自分が身に着けているパワーストーンやらお守りやらを『これを持っていなさい』とくれたりする。勘違いだとしても、そんな気持ちをありがたいとは思うね。ただ、その場で〈おかしなもの〉を取り除いてくれた人はいない。『あたしはプロじゃないからね』とむくれた人もいたよ」

プロと聞いて、叡二はとっさに口走ってしまう。

「これはネタだと思って聞いてください。もし、長野で残間さんが霊的なものに悩まされることが起きた時のためにお伝えしておきます。心霊現象の困り事を解決してくれる探偵がいるそうです」

「世の中は広いな。隙間産業の極致だけれど、そんなのが商売として成立するのかねぇ」

「僕はひょんなことで噂を聞きました。濱地健三郎という探偵で、ネットで調べても何も出てきません。そこも不思議なんですよね」

「今の時代、ネットに上がっていないのなら存在しないに等しいじゃないか。だいたい依頼しようにも連絡が取れない」

「ところが僕は、その心霊探偵事務所の電話番号を知っている。くわしいことは伏せますけれど、たまたま耳にしたんです。残間さん、もしもの場合に備えて覚えておきませんか」

「ネタだなんて言いながら笑顔を作っているけれど、目が真剣だぞ。心霊スポットの取材をやらされて、〈あちら側〉の人と接触しているうちに感化されたんだな」

からかいながらも残間は胸に差していたペンを取る。ポケットを探っても手帳がなかったらしく、代わりにコンビニのレシートを出して裏返した。そんなものにメモをしてもらっても、すぐに捨てられてしまいそうだが。

叡二が言う番号を書き取った残間は、それが語呂合わせになっているのに気づいて、口の中でぶつぶつと呟く。

「オカルト小僧になったんじゃなくて、やっぱり冗談か。心霊探偵の事務所の電話番号がこれだなんて。君のふざけ方は判りにくいよ」

残間は、とりあえずレシートをポケットにしまった。帰りに捨てられてしまったとしても、語呂合わせが頭に残ることを叡二は期待する。

濱地の事務所の番号を誰かに教えたのは初めてで、話してよかったのだろうか、と思わないでもない。真摯な気持ちからのことだから問題はないだろう。ユリエに会ったら報告しておくことにする。

叡二も時間を確認すると、まだ二時過ぎだ。急ぎの仕事はないから、街をぶらついたり映画を観たりして時間を潰してもよかったが、今は開いている店が少ないし上映中の映画も限られている。自宅に帰ることにして、残間とともに席を立った。

「完全に東京を引き払うのではないとしたら、浅草橋のマンションはそのままにしておくんですか？」

会計を済ませて別れ際に訊いてみる。残間のねぐらを知っているのは、深酔いして足元が怪しくなった彼をタクシーで家まで送ってやったことがあるからだ。

「うん。俺が留守にしている間、使ってもらってもいいよ。たまに仕事場を変えると気分転換になる」

それは丁重にご遠慮した。

「環境を変えて、執筆が捗るといいですね」

「ありがとう。進藤君も元気でな。がんばって」

カフェを出たところで右と左に分かれた。十歩ほど歩いたところで、振り返って残間の背中を見る。目を凝らしても〈おかしなもの〉が彼に張りついていたり、後ろをついて歩いていたりはしていない。

いたとしても、叡二にそれを視る能力はなかった。


南新宿の事務所を出た濱地とユリエは、三十分ちょっとでJR総武線の浅草橋駅に着いた。改札口を出たはいいが、どこへ向かえばいいのやら判らない。東口の階段を下りて駅前に立つなり、こちらの方角だ、と濱地が指差すこともなかった。

「きてはみたものの、どうしたらいいんでしょうね。ぐるぐる歩き回って、妖気を放っているところがないか探しますか？　効率が悪そうだけど、犬も歩けば棒に当たる作戦です」

「志摩君は外を歩いていて、どこかの家から妖気が漂っているのを感じたことがあるかな？」

「そういうのって、ないですね。でも、試してみるしかありません」

濱地は、コンビニやファストフード店が連なる江戸通りを浅草方面に向かってゆっくりと歩きだす。

「体を動かしてみよう。椅子に座って考え込んで行き詰まった時は、歩くのがいい。思いがけない閃き（ひらめ）が得られたりする」

「なんかアイディアを探す小説家みたいですね」

肩を並べて歩きながら、ボスはユリエに返答を求めることもなく、しばし独白するように話す。

「声の主は、霊的な何か——仮に悪霊と呼んでおこう——に自由を奪われ、どこかに閉じ込められているらしいが、どのように拘束されているのかが判りにくい。電話ができたのだから、少なくとも手や口は動かせるんだ。『ダシテ』と訴えていたのは、部屋に監禁されているということか。そこには固定式の電話があるのだから、クロゼットや衣装ケースに押し込められているのではない」

「ですね」とユリエは相槌（あいづち）を打つ。

「ノイズが入り、声が歪ん（ゆが）でいたのは悪霊が通話の邪魔をしたためのようだが、妨害にしては手口が迂遠ではないか？　わたしとの連絡を遮断したかったのなら、声の主に直接ダメージを加える方が早い。それができなかったから、電話にノイズを入れたのだとしたら……」

　マナーモードを解除したスマホに着信があったので、ユリエは素早く画面を見た。よく利用する通販サイトからの〈荷物の発送が完了しました〉という通知だった。

　濱地の呟きは続く。

「昨夜、わたしが事務所に帰ってすぐに折り返しの電話をかけたら、現在は使用されていない、となっていたのは何故だ？　声の主が助けを呼べなくするために、悪霊が電話を解約したなんてことはあるまい。そんな器用な真似ができるなら、わたしの事務所に『変な電話をかけて失礼しました。子供の悪戯でした。お赦しください』と言ってくることもできただろう」

　ユリエがよく読むミステリーの名探偵は、おしなべて推理がまとまるまで沈黙を守り、そのプロセスを明かさない。途中経過を話さなければ謎解きに対する読者の興味が高まり、主人公＝探偵がよりミステリアスで偉大な存在に映る。だから作者が名探偵の思考過程を秘匿するわけだが、今日の心霊探偵はそんな流儀に反して頭に浮かぶ思考の断片を垂れ流していた。

「要するに、疑問なのは何ですか？」

「不可解な点がいくつもある、としかコメントできない。――あの電話について、志摩君が引っ掛かっている点はないか？」

申し訳ないほど何も思いつけない。ノイズの彼方に電話をかけている場所を暗示する手掛かりがないか、懸命に耳を澄ましたのだけれど、まるで聞こえなかった。

「意見を述べるんじゃなくて、質問してもいいですか？」

「何なりと」

「霊的な存在って、電話でしゃべれるんですか？『この電話を解約したいんです。よろしくお願いします』とか」

「可能だよ。幽霊が電話をかけている姿を目撃してはいないけれど、わたしは何度も死んでいるはずの人間と電話で話したことがある」

さすがに経験豊富だ。

「だったら、あの番号が使われていないのは、悪霊が解約したんですよ。残念ですが、依頼人が亡くなってしまった後で……」

「声の主が死んだ後、わざわざ電話を解約する理由は？」

「うちの事務所から折り返し電話がかかってきたら面倒だから」

「無視すればいいんだから面倒でもないだろう。電話を解約したとしても、探偵とのつながりを断ち切るという目的は果たせない。現に、電話が通じなくなったことを不審がりながら、わたしたちはこうして動いている」

「ですね」

通りの両側には高層のオフィスビルやマンションが建ち並んでいる。それらの中の一室が探しているい部屋かもしれないのだが、いくら気配を窺っても、妖気のよの字もなかった。

「先生。このまま浅草まで歩くんですか？　市内局番が違ってきますよ」

「ああ、そうだね。脇道に入って、うろうろしてみようか」

持ち前の技を発揮できないのはユリエだけではなく、濱地もその卓絶した能力を使いあぐねている。だから、先ほどからずっと理屈をこね回しているのだ。今は心霊探偵ではなく、ただの探偵である。

左に曲がって福井町通りを西へ。家並みがいくらか低くなり、人通りが減っただけで風景はさして変わらない。

濱地は顎を撫でながら、また呟く。

「あの電話は何だったのか？　答えが出ないのはデータが足りていないからだ。録音されていた音声はせいぜい十五秒ぐらいしかなかったし、不快なノイズのおかげでごくわずかな言葉しか聞こえなかった。とはいえ、データの不足を推量で補い、もっともらしい仮説の一つや二つは出せそうなもの。それさえできないのは、発想が間違っているのかもしれない。何か根本的なところで、わたしたちは誤解をしている」

「ふりだしに戻りますけれど、やっぱり悪戯電話だったのかもしれませんよ」

そうであれば悲惨な目に遭った人がいなくていいのに、と希いながらのユリエの言は採用されなかった。

「悪戯というのは面白がるためにするものだろう。留守電にあんなメッセージを吹き込むだけで、電話の主は楽しめたのかな？」

「あまり面白くもないでしょうね。じゃあ、かけてきたのは先生の商売敵で、無駄な時間を使わせるのが目的だった、ということは？」

「まさに今も、わたしたちは無駄な時間を使っていると思っているんじゃないだろうね。営業妨害の嫌がらせにしては生温いよ。思い当たる商売敵なんてものもいないしね」

そこからボスは黙ってしまったので、助手もしばらく口を噤んだ。二人して無言で歩いていると、まるで葬儀の帰りのようだ。

またスマホが鳴る。SNSに着信があった。進藤叡二からのメッセージで、今夜の予定の確認だった。調査することがあって浅草橋にきているが、夕方までには片づきそうだ、と応えておく。

「歩きながら手早く返信するものだね」感心したように濱地が言った。「進藤君からじゃないのか？」

「先生の勘は鋭い。はい、そうです」

　と言っていると、また着信。仕事が済んでから急いで新宿に駆けつけるのは大変だろうから、店を変更してもよい、と叡二が返してきたのだ。行く予定のレストランは、どうせ空いているだろうから予約を入れていなかった。

「気を遣って、『よければ自分が浅草橋方面に出向こうか』と提案してくれています」

「優しいね、彼は」濱地は真顔で褒める。「電話をかけて相談するのが早いよ。ほら、いいスペースがあるじゃないか。そこのシャッターが下りた店の前にでも立ち止まって」

　勧められて、かけてみた。濱地は少し離れてマスクをはずし、お気に入りの喉飴をぽいと口に放り込む。

「志摩さん、仕事中でしょう。今、電話いいんですか？」

「いいからかけているの。――このあたりはお互いに馴染みが薄いから、店を探しにくいんじゃないかなぁ。まごまごしそうだから、わたしが新宿に戻る」

「そうですか。どっちでもかまいませんよ、僕は。――濱地先生と幽霊が出る現場にいるんですか？」

「幽霊が出るかもしれない現場を探しているところ。いつもと様子が違って、そこの住所が判っていないの。電話番号から住所を調べる裏技って、知らないよね？」

「それを探偵さんに訊かれるとは。知らないなぁ。ネットで検索したりは？」

「したけど駄目だった。市内局番からすると、このあたりなんだけれどね。これがまたふざけた番号なのよ」

ボスを待たせながら無駄話はできないと思いつつ、暗記している例の番号を叡二に伝えた。

「――なんだけれど、逆さに読むと語呂合わせになっているでしょう。からかわれているみたい」

「志摩さん。も、もう一度」

「モモチドー？」

「謎の電話の番号を、もう一度言ってください」

「まさか、心当たりがある、って言うんじゃないよね」

繰り返すと、叡二は「ああ」と感嘆詞を返してきた。

「間違いないと思いますけど、念のために確認します。ちょっと待ってください」

スマホに登録してある電話番号を確かめようとして操作を誤ったのか、いったん通話が切れた。五秒ほど様子を見ていると、またかかってくる。

「失礼しました。――その番号は、やはり残間廣平さんのものでした。顔見知りのライターです」

「嘘っ」

犬が歩いているうちに、空から降ってきた丸太棒に大当たりした。スロットマシンからおびただしいコインが吐き出されるイメージが浮かぶ。

「電話が通じないのは残間さんが引っ越したからですよ。浅草橋の部屋を完全に引き払うつもりはないけど、いつ戻ってくるやら判らないので固定電話を解約したんだと思いますよ」

「その人、いつ引っ越したの？」

「えーと、昨日ですね。数日前に会った時に聞いたところによると」

昨日で部屋を空けるので契約を解除したから、日付が変わった今日から電話が通じないのだとしたら、話の平仄が合う。

「濱地先生と話すから、切らずに待っててね」

ユリエのただならぬ反応を見ていたボスは、すでに表情を引き締めていた。彼女は、叡二に聞いたままを手短に話す。

「進藤君に訊きたいことがある。わたしが電話に出てもいいかな？」

「はい」とスマホを手渡してから、ユリエはメモを取る用意をした。

「濱地に替わりました。お久しぶり。――残間廣平さんの住所を教えて欲しいんだが、判るかな？　……行ったことはあるが正確な住所は知らない？　口頭で説明してもらえるとありがたいんだけれど……ふむ、無理か」

少し間を置いて「それはありがたい」と言ってから、さらに質問を続ける。

「会ったのは五日前なんだね。その時の残間さんに何か変わったことは？　……ない、と。……ん、それは？」

しばらく濱地は沈黙し、相手の話に聴き入っていた。叡二は他にも重要な情報を持っているらしい。ボスは相槌を何度か打ってから――。

「判った。すぐに残間さんに電話をかけて、安否を確かめてもらいたい。連絡がついたら、こっちに報せてくれないか。……うん。じゃあ、よろしく」

結局、メモをすることはなかった。濱地は「ありがとう」と言ってスマホを返してくれる。

「もしかして、進藤君はこっちに？」

「ああ、きてくれる。浅草橋までくれば案内する自信があるそうだ。方向音痴でなくてよかった。駅の東口まで戻ろう。そこで落ち合おうと彼が指定した」

事態の急展開に興奮し、ユリエは頬が火照るのを感じた。

電源が切られているか電波が届かないところにいる。――二度かけたが返ってくる応えは同じだ。

叡二は胃のあたりが重くなった。残間の転居先は長野市郊外で、近くの森を散歩するのが楽しみだ、と言っていた。引っ越し早々に出掛けた散策コースに電波が届かない場所もあるのかもしれない。そう思いたかった。

またユリエに電話をかけ、濱地に替わってもらう。残間と連絡がつかないことを報告すると、探偵は低く唸った。残間のスマホの番号を訊かれたので伝える。

「ありがとう。――では、申し訳ないけれど、こちらにきてもらいたい。浅草橋駅の東口で待っている」

マンションを飛び出した叡二は、小走りで東中野駅に向かった。その途中も、プラットホームでも、いいタイミングでやってきた津田沼行きの各停の車中でも、残間に電話をかけてみたのだが、出てくれない。不吉な予感はふくらむばかりだ。〈これを見たら至急ご連絡ください〉とショートメッセージを送っておく。

ユリエによると、事務所の留守電に残されていたのはたじろいでしまうほど異様な音声だったという。わけあって残間は引っ越しを遅らせ、あの部屋で〈おかしなもの〉に襲われたのではないか。五日前に彼から奇妙な話を聞かされたせいで、非現実的な想像が頭から振り払えないのだ。

本当にそんなことが起きたのであれば、濱地ほど頼もしい味方はいない。彼ならどんな怪異にも対処してくれるはずだ。問題は——まだ間に合うのか、もう手遅れなのか。

　乗り換えなしの電車を捉まえたので、東中野駅から浅草橋駅までは三十分も要しなかった。東口の階段を下りれば、濱地たちが待っている。突発事態のおかげでユリエに会う時間が四時間ばかり早まったが、喜んでいる場合ではなかった。

「悪いね」と恐縮する探偵へ挨拶を返すのも省き、叡二は「こっちです」と歩きだす。浅草橋駅から徒歩だと十分足らずと思しいので、タクシーを利用するまでもない。

　記憶が薄れていたらどうしよう、という懸念もあったのだが、迷わず目的地に着けた。五階建ての古いマンション。三方を大きなビルに囲まれ、北向きなので日当たりはよろしくないだろうが、「使い勝手がいい物件なんだ」と残間は言っていた。

　一列になって狭い階段を三階まで上がり、ひっそりと静かな廊下を進んで、目指すは奥から二番目の３０２号室。

　叡二がインターホンを鳴らして「残間さん」と呼び掛けたが応答はなく、ドアに耳を押しつけてみても何も聞こえず。もちろんドアは施錠されていて開かない。この扉の向こうで残間が今しも〈おかしなもの〉に苛まれているかもしれないのに、と地団太を踏みたくなった。

「進藤君、あっちに行こ」

　ユリエが軽い調子で言い、叡二はわけが判らないまま奥の非常階段まで押され、三段ほど下りた。

「前にもこんなことがあったでしょ。鍵が掛かっていないのに開かないドアというのがあって、先生なら開けられるの」

「……ありましたね、前にも」

　言わぬが花、聞かぬが花。こういう場面に備えて、探偵は特殊な道具を持参してきているらしい。

「それにしても」彼女は言う。「こんな奇跡みたいな偶然があるなんて、びっくり。わたしたちを悩ませていた謎の電話番号を進藤君が知っていたなんて」

　奇跡のようでいて必然なのかもしれない、と叡二は思った。

「普通は、まずあり得ません。だけど、残間さんは引き寄せる力がある人なんです」

「何を？」

「〈おかしなもの〉と霊能者。そのどちらも」

　きょとんとしてこちらを見るユリエ。その顔を見つめ返していたら、向こうでドアが開く音がした。弾かれたように階段を駆け上がる彼女を追おうとした瞬間、叡二のスマホが顫える。残間からだった。

「ごめんね。時々やっちゃうんだけれど、スマホの電源を入れるのを忘れてた。君がくれたショートメッセージを見たよ。どうかしたの？」

　呑気な声が聞こえてきたので、膝から力が抜けた。

「残間さん、どこにいるんですか？」

「長野だよ。土曜日に引っ越すって言ったじゃない。今、東京から送った荷物の片づけをしていたところだ」

　３０２号室の方から「きゃっ！」というユリエの声がしたので息が止まる。電話をかけ直すことにしてあちらの様子を見に行きたくなった。しかし、向こうには濱地がいるのだし、やっとつながった電話を切るのが不安で、どうにか思い止まる。

「つかぬことを伺いますけれど、引っ越しの前後に何かおかしな出来事がありませんでしたか？」

「ないよ。いや、あった」

「どっちです？」

「また霊能者の『ちょっと待ちなさい』だよ。明日が引っ越しって日の夜、駅前でテイクアウトの晩飯を買って帰ろうとしたら呼び止められて、『変なのがくっついている。禍の元かもしれないのでこれを玄関のドアに貼りなさい』ってね。護符をいただいた」

　それですよ、と口に出しかけた。

「いつもと同じく残間さんは何も感じなかったんですね？」

「うん。この『ちょっと待ちなさい』が東京生活の締め括りかよ、と思っただけ」

「護符はどうしました？」

「凝ったデザインだったので、出しなに留守宅のお守りとして言われたとおり貼った。粗末にはしていない。——ああ、誰かきた。水回りの修繕を頼んである業者だな。ごめん、かけ直してもいい？」

「いえ、しばらくしてから僕の方から」

　通話を終えるなり、３０２号室にダッシュした。残間が長野にいるのならば、あの部屋にいるのは誰？

　開いたドアの内側に、残間が言った護符らしきものが貼ってあった。細長い短冊状で、文字とも記号ともつかないものが朱色で記されている。

　ユリエは、上がり框(がまち)から二、三歩あたりのところで立ち尽くしていた。背後に叡二の気配を感じたか、振り向いて「こないで」と制する。

　彼女の体で隠れた奥の部屋から、竹箒(たけぼうき)で畳を乱暴に掃くような、奇怪な音が聞こえていた。しかも、音がする方向がめまぐるしく変わるのだ。何かが猛烈な速さで床や壁や天井にぶつかって跳ねているらしい。濱地はそこに踏み込んでいるのだろう。開いたドアから中を覗(のぞ)くなり、ユリエが短く叫んだのはこの音を聞いたからか？

奥で何が起きているのか見たい。音が聞こえているのだから視えるのではないか、と思うのに、ユリエが通せんぼをしている。こちらを見ずに、彼女は言った。

「進藤君は入らないで。どうなるか判らないから」

衝撃のあまり立ち尽くしているのではなく、叡二をブロックしていたのだ。奥の部屋を覗く気は、すぐに失せた。怒りとともに乱舞するような音は激しさを増し、ずっと聞いていると理性が破壊されてしまいそうなほど恐ろしい。

そこへ濱地の声。

「志摩君、あの護符が邪魔をしている。ドアを――」

「了解です！」

最後まで言わせず大声で応えるなり、ユリエは振り向いて「外へ！」と叡二に命じた。彼は廊下に追い出される。

「飛び出してくるから、隠れて」

大きく開いたドアの陰に叡二を押し込み、後ろから覆いかぶさってくる。彼女に守られているのを感じた。

いつクライマックスに達するのだろう、と思った時、それは去っていた。

背中にしがみついていたユリエは力を抜いて、事態の終結を告げる。マスク越しでも息がかかるほど、耳の近くで。

「もう大丈夫。〈おかしなもの〉は飛んで出ていった。気がつかなかっただろうけど」

「何だったんですか？」

彼女は体を離して、ビルとビルの間を見やった。ホームランボールの行方でも見送るように。

「すーっと、あっちに飛び去ったんだろうな。——何だったのか判らないけれど、どんな形だったかは視えた。人間の頭ぐらいの大きさで、全体から長い髪みたいなのが生えてた。人間の髪とは違って、ごわごわしていて硬そうだったな。自由自在に曲がる黒い針金みたいな感じ。それが回転しながら、部屋の中をのたうち回っていた」

「幽霊ですらないんですか。そんなもの、どこから？」

「残間さんが取材先から連れてきたんでしょう。引き寄せてしまったのよ。ご本人は無自覚でよかったのかもね。あんなの、視ない方がいい」

ユリエに導かれて部屋に戻る。彼女は玄関の床、壁、天井を指差した。

「進藤君にも視えてる？　……その反応は視えてないな。このあたり一面に、針金製の箒で掃きまくったように瑕がついてるの。廊下も、その奥も。瑕がついていないのはドアの裏側だけ」

「どうして？」

「護符のせいだとしか考えられない。残間さんがこれを貼ったことで、〈おかしなもの〉はこの部屋に囚われてしまったというわけ。──ですね、先生？」

声を掛けられた濱地が、奥の部屋から現われた。得体の知れないものと死闘を演じた直後という様子はなく、涼しい顔をしている。

「志摩君の見立てどおり。残間さんという人は民俗学に通じていたそうだけど、オカルトに関係する方面は本当に興味がなかったんだね。行きずりの霊能者から『この護符を玄関に貼れ』と言われて、ドアの内側に貼りつけてしまうとは。これでは部屋に招き入れた〈おかしなもの〉が外へ出ないように封じたのも同然だ」

言われてみたらそうだが、自分も同じ過ちを犯したかもしれない、と叡二は思う。護符の札をドアの外に貼り、他の住人に不審がられるのを避けるために。

「すると、濱地さんに電話で助けを求めてきたのは人間ではなく、〈それ〉ですか？」

「〈それ〉だったのね」ユリエにぽんと肩を叩かれた。「あの電話について話していた時、先生は何度も『声の主』という表現をして、『依頼人』とは言わなかった。今になって感心します」

叡二の頭はついて行けない。

「〈それ〉が電話をかけたり『タスケテ』と言えたりしたのはいいとして、心霊探偵の存在とその連絡先を知っていたんですか？」

「残間さんと進藤君が話していた時にもそばにいたのなら聞いているじゃない。うちの番号は覚えやすいし」

濱地が小さな紙片を取り出して、ユリエに続けて言った。

「度忘れしても電話はできただろうね。レシートの裏に書いたメモが室内に残っていたよ。〈あれ〉がちゃんと事情を説明してくれたら救出に急行できたんだが、そこまでの力は出なかったと思われる」ドアを指差して「かなり強力だものねぇ、あの護符は」

「はあ……」

叡二は、しげしげと護符に観入ってしまった。

〈おかしなもの〉が荒れ狂ったものの、見渡したところ室内に乱れはなく、床やらの引っ掻き瑕も特別な能力がある者にしか視えないので、一同はこのまま現場を去ることにした。鍵はどうするのか、と叡二が訊きかけたら、またユリエが「あっちに行こ」と言って手を引く。濱地は施錠もできるが、やはりその作業を見られたくないようだ。

階段の下で待つこと二分。悠然と下りてきた探偵は、両肩を回してから「さて」と言う。

「報酬なき仕事が片づいた。志摩君はここで上がっていいよ。緊急の休日出勤、ご苦労さま。——進藤君にはお手間を取らせた。ありがとう。剥き出しのままで失礼だけれど、ここまでの交通費プラス薄謝だ。今夜の食事代の足し程度で申し訳ない」

一万円札を渡そうとするので辞したが、濱地に押しつけられる。

「わたしたちのディナー代って、こんなにかかりません。まるごと先生の奢りになりますよ」

ユリエの言葉に、ボスは鷹揚に返す。

「たまには年長者に奢らせなさい。遠慮は無用だ。君たちとわたし、何歳離れていると思うんだ？」

二人は顔を見合わせてから、同時に尋ねる。

「何歳ですか？」

伝達

傷害事件の示談が成立した後、赤波江聡一は被害者宅を訪れ、未解決の問題がないことを確認して、「刑事さんには大変お世話になりました」という丁寧な礼とともに送り出された。

被害者の側にも突かれるとまずい点があるらしく、そこが少し気になりもしたが、当事者間の話し合いで決着がついたらしい。となると警察の出る幕ではなくなる。肩の荷を一つ下ろして、ほっとした。

先方の都合で、午後九時という晩い時間の訪問になった。コロナ禍の中でのこと、玄関先で距離を取りながら手短に話したのだが、それなりに時間がかかり、腕時計を見れば九時半が近い。

「問題は飯だな」

住宅街の真ん中で、赤波江は独り言つ。

首都圏の一都三県と北海道で続いていた緊急事態宣言も五月二十五日に解除され、

八時までと要請されていた飲食店の営業時間が六月一日からは十時までに延長された。酒類の提供も可となったのはありがたいが、このあたりにはラーメン店の一軒もなさそうだ。

「食べてくる」と言って家を出たので、「食いっぱぐれた」と帰宅したら妻が困った顔をしそうだ。何につけ言行不一致は赤波江自身が好むところではない。駅前に行けば開いている店があるだろうから閉店間際に滑り込もう、と早足で歩きだした。

ところが、駅のずっと手前で赤提灯が目に飛び込んできた。提灯には〈おでん〉とある。迷わず引き戸を開けて入った。

カウンターだけの狭い店内に、三人の客がいた。いずれもスーツ姿の若い一人客で、一つ置きにスツールに掛けている。

「いらっしゃい」

おでんの鍋に箸を入れたまま、眉の太い大将が言った。マスク越しだし、こういうご時世なので、威勢のいい声からはほど遠い。先客たちと距離を保つため、一番手前のスツールに腰を下ろし、鍋を覗きながら五品をてきぱきと注文した。

「ビール、いいんだよね？」

「一日からお出しできるようになりましたよ。ビールを瓶で？　へい」

ぐいと呷って、ひと息ついた。先客たちは次々に席を立ち、すぐに店内は静かになる。彼らは皆、無言で飲み食いしていたのだが、人は黙っていても気配を発するから、それがうるさいこともある。

「慌てずに召し上がってってください。本日最後のお客さんだ。急ぐことはありません」

　閉店時間を意識しながら早食いしようとしたら、大将は目を細めて笑った。そして、自分もグラスに注いだビールをうまそうに飲む。年齢は四十歳ぐらい。赤波江と同年輩に見えた。

「ゆっくりいただくよ。——大将、ずっと一人でやってるの？」

「はい、十五年前から。こんな場所に店を出してお客さんがくるのか、って場所でしょ？　いらっしゃるんですよ。ここら独り者が多いので、会社帰りの常連さんが通ってくれるんです。駅前はうまいものを食わせる店がないし。まぁ、今はコロナのせいで、ひどい目に遭ってますけど」

「大変だね」

「踏んばって、耐えるしかありません」

出汁(だし)がよく沁(し)みて、どれもうまい。ゆっくりして行けと言ってくれたので、巾着(きんちゃく)と玉子を追加した。ビールが進む。

「失礼じゃなかったら、お客さんがどんなお仕事をなさっているのか当ててみましょうか？　得意なんですよ」

　こりゃはずすな、と思いつつ、「何だと思う？」と訊く。

「中学校か高校の体育の先生。生活指導が厳しくて、生徒に怖がられていそうだ。違いますか？」

　警視庁捜査一課の刑事だなどと、正直に明かすわけもない。野暮な奴が舞い込みやがった、と煙たがられるだけだ。

「強面の先生に見られたか。顔も雰囲気もいかつい、と同僚によく言われてるものな。肌着メーカーの経理担当だよ」

　コロナの影響がなさそうな仕事を選んで答えた。具体的にどんな業務を、と尋ねられることもあるまい。

「派手にはずれた。失礼しました」

　雑談をしながら飲んだり食べたりしているうちに十時を過ぎる。大将は「まだごゆっくり」と言ってから、表の提灯の明かりを消した。話し相手を欲しがっていたかのようだ。

「ここ、わたしが店を始める前は蕎麦屋だったんですよ。本格的な十割蕎麦を出す店だったらしいんですけど、妙な理由で潰れてしまいましてね」

　大将は、わずかに声を落とした。聞き手の気を惹くための演出か。

「妙な理由って何だい？」

「変な噂を立てる客がいたんですよ。『この店では、蕎麦を食う音がずれる』とか言って」

「意味が判らないな」

「そのままですよ。ずるずるっと、蕎麦を搔き込むでしょ。そうしたら、箸を止めてからも、ずるずると聞こえるんです。ほんの短い間。映像と音声がずれたできそこないの映画みたいな具合に」

「空耳にしても、おかしいね」

「そんな話は聞いたことがありませんよね。でも、『そういえば』と他の客も言いだして、噂が広まった。気味が悪いと言いだす客が現われたかと思うと、たかが蕎麦を啜る音がとんでもない怪談に発展しちまう。店の片隅に幽霊が立っている、って言う人間が現われたんです」

経帷子のような白い単衣をまとい、ざんばら髪を胸まで垂らしている中年の女。そいつは客に倣って、立ったまま蕎麦を食べるふりを繰り返すのだ、と目撃者は蒼い顔で語った。箸や丼はもちろん、噺家のように扇子も持っていないのに、音を立てて蕎麦を食べる真似をする幽霊――。

「こう右手の指を二本立てて、それを箸に見立てて食べるふりをするんだそうです。

馬鹿みたいでしょう。だけど、実際にそんなのが視えてしまうんだったら、おちおち蕎麦も食えない。視えなくても、いると思うと薄気味が悪い。かわいそうな蕎麦屋は、それが原因で潰れちまったということです」

赤波江は、つい店の片隅に視線をやってしまう。誰もいないのは先刻判っているのに。

「その後で大将がこの店を始めたんだね？」

「いい条件で借りられたので。ちょうど店を出したくて、物件を探していたんですよ。別にこの家や土地に曰くや因縁があるわけでもないのを確かめた上、念のために神主さんにお祓いをしてもらいました。お化けの類を信じてはいませんけど、周囲へのアピールのつもりで」

「神主さんは何か言ってた？」

「『蕎麦が大好きで、この世に未練がある人だったんだろう。おでんの店なら大丈夫』と」

笑いそうになるのを我慢した。

「『お祓いをしなくても、おでん屋に改装されたらがっかりしてよその蕎麦屋に行くだろう』てなことも言ってましたね。メニューに蕎麦は入れないように忠告されました。……すみません、変てこな怪談をお聞かせして。自分の店の自慢になるどころか、隠しておいた方がいい話なのに。根がおしゃべりなんですよ、わたし」

「面白かったよ。こう見えて、そういう話は嫌いじゃないんだ」

「ほお。そりゃよかった。——お客さん、霊感は強い方ですか？　もしそうなら、うちの店の霊気を探ってみてください。もう何もいないはずです」

「霊感は持ち合わせていないけれど、さっきから寛いでるよ。ここは居心地がいい」

「怪談を聞くのがお好きなだけですか。幽霊なんかが視えるよりも、その方が無難ですよね」


赤波江はとことん現実主義的な男だから、かつては超自然的なもの全般を一顧だにせず、オカルトじみたものを信じる人間を小馬鹿にしていた。それが大きく転換したのは、心霊探偵という肩書を持つ濱地健三郎と出会ってからだ。常識を根底から覆すその探偵ぶりに接するうちに、霊的なものの存在を信じざるを得なくなっていった。

そんな彼の心の変化を敏感に見抜いた探偵は、ギブ・アンド・テイクを持ちかけてきた。濱地の仕事に益する情報——警察官だから入手できるもの——を渡せば、見返りにとっておきのネタを独占的に提供する、というのだ。試してみると、テイクの方がはるかに大きかった。迷宮入りしかけている難事件の真相を教えてもらったり、犯人らしき者は特定できているのに発見されないままになっている死体や凶器の在り処を耳打ちしてもらったりしたことは十数回に及ぶ。

赤波江にしてみれば、濱地から奇跡をサービスしてもらっているのも同然だ。一種のイカサマではあるが、これなら警視庁きっての伝説の名刑事になれるな、と思ったこともある。しかし、現実は甘くない。

霊感のお告げで死体や凶器が隠された場所を突き止めました、と注進できるはずもなく、何らかのハプニングを装って発見されるように持って行かなくてはならない。結局おのれの手柄にはならず、小細工で頭と神経を使うばかりだ。

もっとも、現場好きの赤波江は出世欲のいたって乏しい刑事だったから、そんな裏方仕事のようなことを楽しみながらこなしている。わが手で正義が実現すること、自分だけが事件解決に至る全容を特権的に鳥瞰していること。その二つが味わえたら満足だった。

四月には、首なし死体にまつわる奇怪な殺人事件について、死体が見つかる前に濱地から伝えてもらい、迅速に犯人を逮捕できた。あの一件でも、自分が表に出ないようにするのに苦労したものだ。

大将の話に付き合わされるように長尻をしてしまった。「ご馳走さま」と店を出た時、もう時計の針は十時半を回っていた。通りに人の姿はない。

駅はこっちだったかな、と方角を確かめていたら、緊急車両のサイレンが聞こえだした。パトカーのものと救急車のもの。当然ながら、音の違いはよく承知している。

救急車が急行しているということは交通事故かもしれないが、傷害事件の匂いがした。放っておいてもかまわないのに、赤波江は吹鳴の行方が気になってならない。現場はすぐ近くのようだ。

サイレンに手招きされるように、彼は駅とはまるで違う方に駆ける。二階の窓から顔を出して、何事かと様子を窺っている住民もいた。

三ブロックほど走って右手に曲がるところで、救急車とパトカーが停まっていた。二人の救急隊員が屈み込み、路上に倒れた男に「聞こえるか？」と呼び掛けている。最寄りの派出所から急行してきたらしい制服警察官――若いからいずれも巡査だろう――が二人。パトカーは付近を流していた機動捜査隊のものらしい。

棒立ちになって遠くから見ている若い男がいたが、その場の誰もが彼を放置している。被疑者ならばあり得ない状態だから通報者か。

アスファルトの上に血が広がっているのを見て、赤波江は身を硬くした。

――刺されたのか？

道端に自転車が倒れていた。喧嘩の末に刃物で刺されたのではなく、自転車が転倒して頭を強打したようだ。

よく見ようと近づいたら、野次馬と間違われて巡査に制止された。「本庁の者だ」と警察手帳の記章を示す。どこから湧いて出たのか、と怪訝な顔をされたので、「たまたま通りかかったんだよ」と付け加えた。

「頭をひどく打ったみたいだな。単独事故か」

ぽつりと言ったら、「いいえ。事件のようです」と返ってきた。思いがけない即答だ。

「どうして判る？」

「あんなものが――」

巡査が示す方を見て、衝撃を受ける。道路の端から端へ、大人の膝ぐらいの高さにビニール製のロープが張られていた。両端は、街灯と民家の鉄柵に結び付けられている。負傷者に注意を奪われて、指差されるまで目に入っていなかった。

被害者は自転車に乗って向こう側からやってきたのだろう。前方に張られたロープに気づいたがブレーキが間に合わなかったのか、あるいは何が何だか判らないうちにロープが前輪を阻んだのか、自転車は転倒。被害者はどこまでも不運で、地面に頭を叩きつけられたのだ。

「悪質な悪戯だと思われます」

悪戯という言葉を耳にした途端、赤波江は巡査が首をすくめるほどの大声で、憤怒を爆発させた。

「悪戯ぁ？　こんなことをした奴は人殺しだろうが！」

往来妨害致死傷罪などというものではない。被害者の死亡が確認されたわけではないが、ほとんど意識不明に陥っているように見受けられた。死の危機に瀕していることに疑いはない。赦せない、と思った。

怒りと同時に苦い記憶が甦る。彼が中学二年の時、三つ違いの弟が同じ目に遭って怪我をしたのだ。幸いにも擦り傷と軽い打撲で済んだが、その時の怒りは赤波江自身も驚くほど激烈だった。

往来にロープを張って、誰かが転ぶのを面白がる。残忍、冷酷、卑劣としか言いようがなく、犯人を見つけて殴りつけてやりたくなった。もちろん、それは赦されないことなので、警察に捕まって厳しく処罰されることを望んだのに、誰がロープを張ったのか突き止められなかった。類似の事件が起きることはなかったのが、犯人が怖くなったからなのか反省した結果なのかも判らない。

その事件こそ、赤波江が警察官を志すきっかけだった。悪い奴は懲らしめられるべき。正義は実現されなくてはならない。その強い信念は変わることがなかった。

当節のこの時間は人通りが少ないとはいえ都内の住宅地であるし、まだ十時台だ。ロープが張られてからそれほど時間が経っていないと思われる。犯人はそう遠くに逃げていない。

「まだ犯人は町内にいるかもしれないぞ。もたもたしていたら取り逃がす」

大きな声を出したら、機捜の人間がつかつかと寄ってきた。「あなたは？」と訊かれて名乗る。背の高い捜査員は、尖った目で赤波江を見た。

「通りすがりの刑事さんか。こっちの仕事の邪魔はしないでくれ」

不興を買ったらしい。邪険に言われて赤波江は苦々しかったが、縄張りを荒らされる側の気持ちも判る。

被害者が案じられて、救急隊員たちの方に歩み寄る。血を流す男はぐったりとして動かなかった。病院に運んでも手の施しようがないかもしれない。

救急隊員たちは彼の体をゆっくりと持ち上げ、担架に横たえる。その途中で、だぶだぶのパンツのポケットから財布が抜け落ちた。

誰にも止める間を与えず、赤波江が素早く拾い上げる。三千円ばかりの所持金と運転免許証が入っていた。名前は岡庭紀満。生年月日からすると三十三歳。誕生日を一週間後に控えていた。住所は杉並区内で、ここから遠くない。

三枚の千円札の間に細長い紙片が挟まれているので、それも検めた。居酒屋の箸袋だ。ボールペンで余白に何か書いてある。

「おい、勝手にいじらないでくれ」

先ほどの機捜の捜査員が、赤波江の手から財布をもぎ取った。いいかげんにしろ、と言わんばかりの仏頂面だ。右手を軽く挙げて、謝罪に代えた。

ひったくられる前に、しっかりと見た。箸袋に書かれていたのは八桁の数字だ。市外局番の〇三を省いた電話番号だろう。赤波江のよく知っている番号だった。

生まれて初めて経験する緊急事態宣言なるものが解除されて、十日が経った。東京での新型コロナウイルスの新規感染者数が落ち着きをみせてきたこともあり、志摩ユリエは事務所に出勤するようになっていた。ボス・濱地健三郎に与えられたデータベースの作成という仕事が一段落したせいもある。

外出自粛が叫ばれ、街から人の波が消えていた間も、心霊探偵のもとに持ち込まれる相談は途切れることがなく——ぽつりぽつりだが——、そりゃ感染症とは関係がないものね、とユリエは納得するばかりだった。

六月最初の木曜日のことだ。

南新宿の奥まったところにある古びたビル。その二階の濱地探偵事務所は、朝からのんびりとした空気に包まれていた。扱っていた案件はすべて解決し、新たな依頼が入るのを待つだけである。濱地健三郎と助手は、マスクをはずしてコーヒーを味わう。応接セットで向かい合いながら。

「過去のデータを整理して、先生が色んな霊的トラブルを見事に処理してきたことがよく判りました。普通の人が一生かかってもできない経験をいくつもしたつもりになっていましたけれど、わたしなんて、まだまだ助手としてひよっこですね」

ユリエの言葉に、濱地はオールバックの髪を撫で上げながら、うっすらと笑った。

「ひよっこどころか、とても頼もしい。きみには助けられているよ」

「本当ですか？　お役に立てているのなら素直にうれしいです。これからもがんばります」

ここでボスは気遣いを見せる。得体の知れないものと次々に遭遇しなくてはならない今の仕事を続けても大丈夫か、と婉曲に訊いてくるのだ。これまでにも一度ならず質されたことで、彼女の答えは決まっているのに。

「先生、しつこいです」

「同じ質問をした覚えがある。訊くのはこれを最後にしよう」

では、最終回答だ。

「怖くて逃げだしたくなったら、そう言って辞めます。雇用関係はいつでも解消できるんですから。『これからもがんばります』と言っているのに、そんな気の遣い方をしないでください」

濱地は詫びた。

「きみの言うとおりだ。申し訳ない。でも正直なところ、逃げだしたいのを我慢する程度には恐ろしいだろう？　幽霊だの何だの、視えないままだったら平気でいられても、きみはわたしと働くようになったのがきっかけで、因果なことに視えるようになってしまった」

　コロナ禍が、いつもと違う時間を作ってくれている。こんな話を事務所であらためてするのもいい機会に思えた。

「先生のせいでそうなってしまったのかどうかは判らないし」いや、おそらく影響しているのだろうが。「視えるようになったことを嘆き悲しんでもいません。よかった……とまでは言い切れないとしても。以前もお話ししたとおり、世界が広がった感覚もしていて、悪くありません。本当に危ないものと出くわしたら先生が追い払ってくれるし」

「ホラー映画なら安心して楽しめるけれど、現実となるとスリルがありすぎるんじゃないのかな？」

「すれすれで楽しめています。人間って何だろう、と考えさせられたりするのは貴重な体験です。とにかく、わたしは大丈夫ですから」

　自分は濱地に必要とされている。ユリエはそう信じたかったから、ボスが「ありがとう」と言ってくれたことに安堵《あんど》した。

「きみが単なる怖いもの知らずだったら、かえって心配だった。でも、恐れるべきものを恐れながら、並はずれた好奇心とともに恐怖を乗り越える胆力も具《そな》えている。これからも頼むよ」

いい感じでまとまった。今朝のコーヒーはひと際おいしい。

ユリエは調子に乗ったわけではないが、かねて気になっていたことを尋ねてみる。

「ところで、先生には怖いものがないんですか？　どんな人にも苦手なものがあると思うんですけれど、先生については見当がつきません」

濱地は目を細めてコーヒーを味わっている。

「もちろん、苦手なものはある。いくつか」

「たとえば何ですか？」

あっさりと答えてはくれなかった。「秘密にしておこう」と言うので、かえって追及したくなってしまう。

「案外、ありふれたものだから隠そうとするんですか？　Gだとか」

「ゴキブリが嫌いな人は、その名前を口にするのもおぞましくてそんなふうに呼ぶらしいね。Gが怖いのは志摩君自身じゃないのか？」

「昔は、見掛けると悲鳴を上げていましたけれど、大学時代に独り暮らしを始めたら、Gが出たぐらいで大騒ぎしているわけにはいかなくなりました。あんなの今では平気です」

「たかが平たい虫だものね。家の中を傍若無人に這(は)っているから嫌がられるだけで、昆虫界の人気者、カブトムシが家に入り込んできたら、そっちの方がよほど怖がられそうだ」

「ああ、木の幹にいるのはいいけれど、カブトムシが畳やカーペットの上を這っていたら飛び上がって驚きますね」

ユリエは、ミステリアスな探偵との雑談を楽しむ。在宅勤務で溜まった鬱屈を晴らすように。

「先生は年齢からして不詳なんですから、秘密はそれだけで充分ですよ。どんな心霊現象にも怯まない先生が怖いもの、教えてください」

「今日はしつこいね。いずれバレる日がくるだろうから、それまで内緒だ。少なくとも今は言わないことにした」

頑固な一面を見せられた。それだけでなく、「きみこそ何が一番怖いんだ？」と反問される。

「わたしは平凡な人間ですから、大勢の人が怖がるものはたいてい怖いです。死、病気や怪我、天災、戦争やテロ、犯罪、誰かに憎まれたり疎まれたりすること、生きるのに必要最低限のお金がなくなってしまうこと、爬虫類全般、脚がたくさんある虫、高いところ——」

まだまだ続けようとしたのに止められた。

「月並みすぎて、きみの個性がちっとも出ていない。自分だけが強く恐怖を感じるものはないのかな？」

「業務上の参考にするんですか？」

「いいや、そうじゃない。きみ個人に対する関心から尋ねているだけなので、わたしと同じように語らなくてもかまわないよ。おあいこだ」

おあいこを避けるために、ちょっと考えた。

「病気や爬虫類とは違った意味で怖いものなら、あります。わけが判らないものです」

濱地は興味をそそられたらしい。「ほお」と目の光が変わった。

「わけが判らないものとは、不条理なものや理不尽なことかな？　あるいはそういったものを強いてくる人物」

「ああ、嫌ですね、そういう人。でも、わたしが言おうとしたのはそれとも違って、簡単に言うととんでもない偶然の一致が怖いです」

「興味深いね。くわしく聞きたい」

ボスがさらに食いついてきたので、ユリエも興が乗ってくる。

「わたし自身がとんでもない偶然を経験したわけではありません。本で読んだだけなんですけれど――」

在宅勤務中は時間の使い方に融通が利いたので、昼間でも仕事の手を休めて本を読んだりしていた。外へ出ないせいで読書がむやみに捗(はかど)ったため、積んであった未読の本がみるみる片づいてしまったほどである。他に読むものはないかと探していたら、以前に古書店で買った本が出てきた。意味があるとしか思えない偶然の一致――シンクロニシティについて書かれたもので、面白そうだから買ったのに、どこに行ったか判らなくなっていた一冊だ。

「超心理学の研究書なんかじゃありません。ハンディなソフトカバーで、不思議なエピソードが並んだ読物風の本です」

書名にも捻(ひね)りはなく、『信じられない偶然』。そのフレーズに惹かれて、書棚の片隅で埃(ほこり)をかぶっていた本にまっすぐ手が伸びたのだ。

「タイトルどおり、とても信じられないような偶然にまつわる話がいっぱい紹介されているんです。呪いや怨念(おんねん)なんかは関係なくて、ただただ不思議な偶然が。そういう方面に通じた人の間で有名な例も載っているんでしょうけれど、わたしは初めて知る話ばかりで唖然(あぜん)としました」

「特に印象的だったものを聞かせてもらえるかな」

ユリエは「えーと」と言いながら、記憶のページをめくった。

「本の初めの方にたった三行で紹介されている例を読んで、怖いと思いました。――ある人が湖の近くをドライブしていたら、道路脇に財布が落ちているのに気づきます。

車を降りて拾い上げてみたら、二年前にボートが転覆して失くした自分のものだったそうです。中身はそのままでした」

「それだけ？」

「はい。……先生は、ざわざわってきませんか？　夜中に読んでいたせいもあるんでしょうけれど、そんなことがあるのか、とわたしは鳥肌が立ったんですけれど」

「うん。まぁ、奇跡的な偶然だね。どういう経路をたどってそんなことが起きたのか想像するのも難しい」

そう言う濱地の口調は、今一つ歯切れがよくなかった。ユリエにはボスの考えていることがぼんやりと読み取れる。ドライブで車を走らせている最中に、道端の財布が目に入るだろうか、と怪しんでいるのだろう。

驚くほどの霊感を持っていると同時に、濱地は論理的な思考にも卓越している。彼が抱きそうな疑問だ。その点について、補足したくなった。

「三行で紹介されているので、細かいことは不明です。ドライブ中に車を停めてひと休みしようとしたら、足元に財布が落ちているのに気づいたのかもしれません」

「多分、そうなんだろう。――他には？」

お気に入りの事例を二つ思い出した。

「ある警官が、職場の電話番号が変わったことを友人に伝える時、間違った番号をメモして渡してしまったのに気づいたんですけど、報せる機会がないまま数日が経ちました。警官が夜のパトロールをしていると、ある工場の扉が開いていて、電気が点いたまま。不審に思って入ると管理人室の電話が鳴ったので出てみたら、彼の友人からのものでした。間違えて教えた番号が、その工場のものだったんです」

もう一つも電話絡みだ。

「朝食中に電話がかかってきたので、ある女性が出てみると、間違い電話でした。相手の声には聞き覚えがあったんですが、口にものが入っていたし、ご無沙汰をしていたので、自分が誰か明かさずに電話を切ります。午後、彼女は美術センターに用事があって電話をかける際、番号を間違えてしまいました、かかった先は、その朝の相手の家。そこの番号は、美術センターのものと似ても似つかないものだったそうです」

間違い電話ネタが好きなんだね、と笑われるかと思ったら、濱地は真剣な顔をしていた。いくらか不思議な気分になってもらえたらしい。ユリエは続ける。

「その本には、シンクロニシティがどうして起きるのかについての考察があって、どうやって利用すればよいかまで書いてあるんですよ。意識を変えることで、自分の利益になる信じられない偶然を引き起こすなんて、さすがに虫がよすぎる気がしましたけれど」

「色々なことが書いてある本なんだね」

濱地は微苦笑を浮かべた。

「著者には申し訳ないんですけれど、シンクロニシティの原理を推測して、偶然の一致を実用化しようというのは違うと思います。そんな簡単に飼いならせるんだったら、大したものではなさそうだし」

「そこは同感だ。何かしら想像が及びもつかない原理がこの世に働いているのは実感している。それは想像もつかないのだから、到底われわれにコントロールできないものだろうね。ただ、この仕事をしていると神秘のベールがちらりとめくれて、不可知の原理だか法則だかの一端が見えた気がすることはある」

「わたしも……と言うのは僭越ですね。でも、何かが見えそうになるのを感じることはあります」

「僭越どころか、きみとわたしは同じ瞬間に同じことを感じているんだろう。それは疑っていない」

勤務時間中にボスとこんな浮世離れした話ができるのだから、転職する気になるはずがない。ユリエは、ますます自分の仕事への愛着を深めた。

デスクで電話が鳴る。立とうとする助手を制して、探偵が腰を上げた。

ふわふわとした時間の終わりを告げる依頼人からの電話か、と思ったら、そうではなさそうだ。濱地が「先日はどうも」と挨拶している相手は、警視庁捜査一課の赤波江刑事らしい。

「いいえ」と濱地は二度言った。何かの問い合わせのようだった。

杉並署の捜査一係に、赤波江が心安くしている柴原（しばはら）という刑事がいた。三年前に起きた殺人事件の捜査でコンビを組んで動いた後も仕事で顔を合わせる機会があり、事件の解決を祝して二人だけの打ち上げをしたこともある。

事件が発生した直後の現場に出くわしたので気になる、という口実で、その後の様子を電話で柴原に尋ねてみた。路上にロープを張って自転車を転倒せしめた犯人は、事件の翌々日に任意出頭していた。憎むべき犯罪と大々的に報道されたため、自責の念と恐怖に駆られて自ら杉並署にやってきて、すべてを自供したという。

犯人は久瀬速人（くぜはやと）。三十七歳で失業中。独り暮らしとのことで、被害者の岡庭紀満とよく似た境遇の男だった。コロナで仕事をなくして、外出もままならず、溜まったストレスを発散させるために悪戯をした、という犯行動機はどこまでも幼稚で、それを聞いた赤波江は怒りを新たにした。

仕事が忙しかったからストレスが溜まった、仕事を失ったからストレスが……とか、ふざけているにもほどがある。そういう場合は、悪さをする気力も湧かなくなるものだろう。小人閑居して不善を為すと言うが、人がよからぬ所業に出るのは、えてしてプレッシャーから解放されて精神が弛緩し、退屈している時だ。心配事を抱えている最中に、他人に危害を加えて憂さを晴らそうとするとは、彼の理解の外である。

ストレス発散と並んで、出来心という言葉で自らの罪を説明しようとする輩も赤波江は嫌っていた。つい誘惑に負けて、ということも人間にはあるだろう。しかし、そういう状況はごく限定されていると思われる。出張経費をバレない程度にごまかしたり、多くもらいすぎた釣り銭を着服したり、といったケースだ。

世の中には、痴漢や万引きを出来心のせいにする向きがあるが、これには断じて同意しかねた。その二つは、チャンスがあればいつでもやる、という人種に典型的な犯罪であって、出来心で生じることは極めて稀なはずだ。

「硬骨の熱血刑事だな。その見方は厳しすぎるだろ」

同僚にからかわれることもあるが、自分の考えを変えるつもりはない。無論、彼だって人間の弱さは知っているし、自分も人間である以上、わが身を含めてその弱さを憐れに感じることもある。人間臭さにどっぷりひたれるのが妙味で、この稼業を続けているのだから。

——そんなことはどうでもいい。

杉並署では、殺人未遂も視野に入れた取り調べが続いているそうだ。どんな罪状になるかは判らないが、犯人は逮捕された。意識不明が続いている被害者が恢復して元の健康な体を取り戻すことを祈りつつ、赤波江はある疑問に囚われていた。

岡庭紀満の財布に入っていた箸袋。あそこにボールペンで記されていた八桁の数字は、濱地健三郎の探偵事務所の電話番号と一致していた。おかしな語呂合わせになっているから、一度聞いただけでも覚えやすいものだ。

濱地に訊いたことがある。お宅の事務所は広告をいっさい出していないのに、どこからどうやって依頼が舞い込むのか、と。探偵は真顔で答えた。

「不思議なことに、わたしを必要とする人にはどうにかして電話番号が伝わるんですよ。乗り物やら飲食店やらで聞こえてくる他人の会話に紛れ込んだりして。あるいは、身近な誰かがうちの電話番号をたまたま知っていたりする」

そんな馬鹿なことはあるまい。冗談だろうと思ったら、嘘ではないと知って驚くしかなかった。濱地のまわりで起きるのは、常識破りのことばかりだ。

岡庭紀満の財布に、その電話番号をメモした箸袋が入っていたのがどうにも気になった。濱地に問い合わせてみたところ、岡庭からの依頼は受けておらず、その名前を聞いたこともないという。

心霊探偵の事務所の電話番号ではないのかもしれない。たまたま番号が一致しただけで、まるで別のものを表しているのでは、と考えてもみた。西暦の生年月日も八桁の数字になるが、箸袋に書かれていた数字は並びがおよそそれらしくない。歴史上の大きな出来事があった日でもない。

何かの金額やパスワードの類の覚書という可能性は否定する材料がないが、そんなものを箸袋に書き込むものだろうか、という気がする。

やはり濱地探偵事務所の電話番号なのではないか。だとしたら、彼は心霊探偵の助けを必要としていたことになる。ロープに引っ掛かって転倒したのは、ストレスを発散させるためにやった、と自供している久瀬速人の言うとおりなのかさえ疑わしく思えてきた。

さらにくわしい話を聞きたくなり、柴原に再び電話をしてしまう。

「どうしたんだよ。よその事件にやけに熱心じゃないか。しかも、もう犯人は挙がっているっていうのに」

柴原の不審を招かないように、赤波江は「実は」と軽傷ながら弟が同じ目に遭ったことを話し、特別な感情を抱いてしまうのだ、と理由をつけた。

「なるほど、そういうことか」柴原は納得したようだ。「で、何が知りたいんだ？単なる悪戯ではなく、久瀬が被害者を狙ってやった、なんて裏はないぞ」

犯人と被害者につながりがないことは、よく確かめたと言う。

「捜査に見落としがある、と難癖をつけてるわけじゃない。あんな真似をしでかした久瀬っていう奴に関心があるんだ。おかしな様子はないか？」

「根性が曲がった野郎だ。けしからんけれど、特に変わったところはない。何か引っ掛かっているのなら、具体的に訊いてくれ」

　そう言われると訊きにくい。久瀬が邪悪で霊的なものに操られて犯行に及んだのではないか、という疑惑をそのまま話したら、ふざけていると思われるのがオチだ。

「精神的に普通じゃない、と思わせる言動はないのか？」

「ないね。受け答えはしっかりしていて、どちらかというと頭がいい。大学を出てすぐの職場でつまずいたことでケチがついたのか、二十代から苦労を重ねたみたいだ。三十を過ぎて契約社員としてホテルに就職した。ようやく生活が安定したと思ったところへ、新型コロナだ。インバウンドに頼っていたホテルは苦境に陥り、先月初めに早々と人員整理に遭って失職している。やっぱりこうなるのか、と――」

「むしゃくしゃしてやった、か。そりゃ駄目だ」

「駄目だよな。身寄りもないし、運にも恵まれていない男なんだが、久瀬には罰が必要だ。被害者には、ぜひ助かってもらいたい」

　自分でも知らないまま体が動いてロープを張っていた、何者かにコントロールされているようだった、などという供述はしていない。自分は久瀬とは対面しておらず、柴原の話を聞いただけではあるが、岡庭が被害者になったのは霊的なものの仕業ではなさそうに思えた。

——岡庭はよくない霊に危害を加えられたわけではない。じゃあ、なんで濱地探偵事務所の電話番号を控えていたんだ？

担当した事件に片が付き、落ち着いた時期にあったせいもあり、赤波江はどうでもいいことと思いながらも、その謎について考えずにはいられなかった。

「久瀬の件はもういいか？」

柴原が言うので、「いや、もう少しだけ」と応える。

「しつこいな。まさか赤波江さん、被害者の知り合いじゃないよね？」

「いや、そういうわけじゃない。さっき言ったように、弟のことがあってトラウマみたいになってるんだ」

岡庭が箸袋にあの電話番号をメモした理由として、いくつかの仮説が考えられる。

仮説一。岡庭は霊的なものに悩まされており、それについて濱地に相談を持ち掛ける前にたまたま事件の被害者になってしまった。

仮説二。岡庭の身に霊的な危険が迫りつつあったが、それが発現する前にたまたま事件の被害者になってしまった。

どちらもあり得るが、岡庭が意識不明だから確かめるのは困難だ。しかし、検証可能な仮説が他にもあった。

仮説三。身近に霊的なものに悩まされている者がいたので、岡庭はふと耳にした心霊探偵の事務所の電話番号をメモしていた。

そういうケースが少なからずある、と濱地が言っていた。これについては確かめられなくもない。

「岡庭が被害に遭うまでの状況を教えてくれ。外で飲んで、家に帰るところだったと聞いている」

「現場から五百メートルほど西にある〈豊楽屋〉という居酒屋からの帰りだった。もともと馴染みの店で、酒の販売が再開されたからさっそく行ったんだろう」

赤波江はスマホを手にしたまま頷く。箸袋には〈豊楽屋〉の名前があった。

「岡庭の家からも近いのか？」

「歩くと二十分近くかかるな。自転車なら五、六分だ。店の人間の証言によると小一時間ちびちび飲んで、ほろ酔いぐらいのかげんで店を出たそうだ」

道路交通法上、自転車は軽車両であり、飲酒して乗ることは禁じられているのだが、飲酒運転が厳罰化された現在でも見逃されることがままある。ほろ酔いならば酒気帯び運転だから、自転車の場合は処罰の対象にはならない。

「連れはいなかったんだな？」

「一人だった。アルコールが入っていなかったら、被害者はロープに気がつけたのかもしれないな。それをもって自業自得と言うのは気の毒だけど」

自転車から投げ出されたとしても、頭をかばうことができただろう。酔いはかなり回っていたのかもしれない。

「その店で岡庭は静かに飲食していたのか？」

「妙な質問ばかりだな。一人だから黙って静かにしていたそうだ」

「他にも客はいたんだろうな」

「二人連れと三人連れがひと組ずつ」

「くわしいな」

「そこの客と揉めて、自転車を倒された可能性まで疑ったんだよ。自転車の行く手に先回りしてロープを張るなんて無理な話なんだが、久瀬が出頭してくるまでは色々と考えたよ。店にいた五人と岡庭はひと言も口をきいてないから、すぐに捜査の圏外に出た」

その五人は終始無言だったはずもなく、歓談していたのだろう。会話の中に、「こんな噂を聞いたんだけどさ」と心霊探偵の話がひょっこり出たのかもしれない。

「岡庭には身寄りがないって言ったよな。集中治療室に入っているらしいけど、付き添いも見舞いもなしか？」

「大学時代から親しくしていた友だちが一人いる。よく連絡を取り合っていた履歴がスマートフォンにあった。事件後に連絡したら、入院先の東愛記念病院に飛んできたよ。その後も様子を聞きに、毎日病院に足を運んでいるようだ。篤い友情だな」

　せめてもの救いだ。

「しかしなぁ」

「どうした？」

「その友だちっていうのが、健康そうじゃないんだ。目の下に隈ができていて、頬がこけたようになっている。あれで院内をうろついていたら、見舞い客というより外来の患者に見える。被害者について質問するついでに聞いたところによると、やはり失業中で困っているそうだ。彼も気の毒だね。働き盛りなのに」

　赤波江の直感が告げる。これだ、と。

「仕事が見つからなくてくよくよ悩んでもいるんだろうが、その友だちは本当に病気なんじゃないのか？」

「医師免許を持っていないから、おれには判らない。気になったけど、『あんた、ついでに診察してもらったら』とも言えないだろう」

　その友だちに会って話を聞かなくてはならない。離れたところから様子を窺うだけでもいい。

「彼の名前は？」

「沖縄出身で具志堅。コロナで帰省もままならないそうだ。……って、事件の当事者でもない人物の名前をどうして知りたがる?」

問い返されて、とっさに適当な理由が浮かばなかった。

「商売柄、『その人の名前は?』と訊くのが習い性になっているだけだ。柴原さん、そういうことない?」

「ないよ、そんな変な癖」

どさくさにまぎれて苗字(みょうじ)が摑(つか)めた。住所や連絡先も教えてもらいたかったが、さすがに意図を怪しまれるだろうから訊けない。礼を言って通話を終えた。

仮説三が的中していたようだ。おそらく具志堅は霊的なものに苦しめられ、健康を害しているのだろう。当人から聞いたのか、言われずとも察したのか、岡庭はそのことを知っていた。どう対処したらよいものか、と思案していたら、居酒屋でこんなやりとりが耳に入る。

——幽霊だの呪いだの、心霊現象にまつわる事件を専門に扱う私立探偵がいる、って信じられるか?

——拝んだりお札を貼ったりして、除霊してくれるのか? インチキ臭いな。

——と思うだろ? おれの知り合いが相談したら、見事に解決してくれたって言うんだ。もしもの時のために連絡先を教わっておいた。語呂合わせになっていて覚えやすい電話番号だぞ。

暗記できたが、度忘れを恐れて箸袋にメモを取り、財布に入れた。経緯はこうだろう。

岡庭に訊くことはかなわないが、具志堅と会えば答え合わせができる。明日は非番だった。事件が起きて呼び出されなければ終日自由に動ける。

病院で待ちかまえていれば、見舞いにきた具志堅と対面できるのではないか。岡庭の入院先は、柴原の話の中に出てきていた。

昼下がり。

濱地は近くのコンビニに喉飴（のどあめ）を買いに出ていた。もうすぐ戻るかな、という時にデスクの電話が鳴ったので、ユリエが受話器を取った。

「赤波江さんですか。ご無沙汰しています」

刑事は挨拶もそこそこに用件に入る。

「おかしなものに憑（つ）かれているらしい人がいるんだ。濱地さんの手を借りたい」

「先生は外に出ているんですけれど、すぐ戻ると思います。——もしかして、これって赤波江さんからのご依頼ですか？」

「うん、まぁ、そういうことになるな。困っているのを見捨てておけなくて電話をしているんだから」

彼が依頼人になるのは初めてだ。どういうことなのか説明を聞く。

「——それで東愛記念病院に張り込んで、具志堅さんに会ったんですね？　すごい。刑事さんならではの執念を感じます」

「志摩さんに褒めてもらえると、うれしいね。優しさの塊みたいな刑事に思えるだろう？　さっき言ったように、困っている人間を助けなくては、という義務感もあるけれど、もやもやした気持ちを晴らしたくて動いている。——とにかく、具志堅はまずい状態だ。濱地さんや志摩さんならば、ひと目見ただけで感じるものがあるかもしれない」

「どんな様子なんですか？」

「それが——」と赤波江が言いかけた時、階段を上がってくる靴音が聞こえた。

「先生が戻ってきました」

刑事を制し、ボスに事情を話してから受話器を渡す。一瞬だけ戸惑いを見せてから濱地はデスクに向かって座り、ユリエにも聞こえるようスピーカーホンに切り替えてくれた。赤波江はことの次第を最初から語り直す。

「——という具合に看護師さんの協力も得て、具志堅さんに会えたんです。そうしたら柴原が言うとおりで、やつれている。ただ健康を損ねているというより、生気がなくなっている感じがしました。そんな男の友人が濱地さんの事務所の電話番号をメモしていたということは、あちら方面の問題が絡んでいるんじゃないか、と思うんです。気のせいならいいんですけれど。一度本人に会ってみてもらえませんか？」

探偵は迷わず答える。

「できるだけ早く会いましょう。お話だけでは判りませんが、わたしにできることがあるように感じます」

「ありがたい。できるだけ早くということは、今すぐでも大丈夫ですか？」

「かまいません。ただ、もっと情報があるのなら話してください。具志堅さんと会う前に準備できることがあるかもしれません」

「持っている情報をすべてお伝えします」

病院で対面した後、赤波江は刑事の身分とともに岡庭が負傷した現場に居合わせた者であることを伝え、「岡庭さんについて確認しておきたいことがある」と持ち掛けた。病院近くの児童公園のベンチで話を聞いたところ――。

「岡庭が心霊探偵の連絡先をメモしていたことを話し、単刀直入に訊いたんですよ。『彼は心霊現象のようなものに悩んでいなかったか？』『あるいは彼の周囲に悩んでいる人はいなかったか？』と。すると、『心霊現象かどうか判らないんですが、ぼくが彼に相談していたことがあります』ときた」

先月、雇用契約を解かれた具志堅は社宅を退去させられていた。やむなく格安のアパートを探して入居したのが二週間ほど前。その転居の後からずっと妙な気配を感じて心が落ち着かず、体の調子も崩しているという。

「引っ越してから変な感じになったので、前の住人がどういう様子だったのか気になった。そこで近所の人に尋ねてみたら、『あの部屋は頻繁に住人が替わる』と言うので、仲介業者や大家に『何か曰く付きの部屋じゃないでしょうね』と訊いたら、『いっさいありません』という返事。夜中に幽霊を視たわけでもなければ、誰かがすすり泣く声を聞いたわけでもない。できるなら部屋を出たかったけれど、これだけ安い物件は他にはそうそうないだろうし、引っ越し代も惜しい」

「失業中だから、なおのこと出費は避けたいでしょうね」

「はい。だから部屋を替われない。コロナのことを考えるだけで憂鬱になるから、心身とも弱っているだけなんだろうか、と思い悩み、電話で岡庭に話したりしていたそうです」

「相談したのはいつ？」

「岡庭が災難に遭う三日前です。――ここまでの話で、濱地さんの見立てはどうですか？」

「部屋に原因があるようにも思えますが、実際に見ないことには判断がつきません」

「今すぐでも大丈夫だと言いましたよね。これから彼のアパートまできてもらえるんですか？」

「具志堅さんが承知しているのなら」

「もちろん、了解は取っています。彼のアパートの最寄り駅は桜台駅。改札で待ち合わせましょう。午後三時でどうですか？」

てきぱきと赤波江が提案する。濱地は腕時計を見てから答えた。

「結構です。志摩君と二人で行きます。――しかし、大したものですね、赤波江さん」

「えっ、何が？」

「よく具志堅さんにたどり着いた。彼を見つけただけではなく、上手に説明してわたしにつないでくれた手際に感服します」

「感服されるようなことですかね。警察手帳のおかげで信頼してもらえたのかもしれません」

電話が終わるなり探偵と助手はただちに支度を整えて、マスクを着けて事務所を出た。桜台駅に午後三時の待ち合わせだと、時間的余裕はあまりなかった。

池袋駅でＪＲ山手線から西武池袋線に乗り換えて四つ目。桜台駅に着くと、改札口で赤波江が待っていた。せっかちな刑事は「駅から少し離れています」と言うなり歩きだす。北口から出て、商店街を抜けてぐんぐんぐんぐん進んだ。歩きながらスマートフォンで具志堅に「そちらに向かっています」との連絡も済ませる。

「アパートの場所を知っているんですか？」

ユリエが訊くと、住所を具志堅から聞いて下見をしてあるとのこと。問題の部屋にはまだ入っていなかった。

「濱地さんの依頼人になるのは初めてだ。調査費というか謝礼をいくら払えばいいのか、訊いておきましょうか」

赤波江が言うのに、探偵はさらりと答える。

「いつもお世話になっているお返し、ということにしましょう。電球を換える程度のしごく簡単な案件かもしれませんし」

「特殊技能を使うんだから、電球を換えるのとはわけが違うでしょう。遠慮なく、とまでは言いにくいけれど、お友だち価格で請求してください。——ここを右に曲がります」

瀟洒（しょうしゃ）な建売住宅が並んだ道に入った。少し行くと左に折れ、また右に曲がる。じきに方角が判らなくなり、この道順は自分には覚えられないな、とユリエは思った。

古い住宅が立て込んだエリアに、具志堅が住むアパートがあった。木造モルタル二階建て。かなり年季が入っている。手摺（てすり）に錆（さび）が浮いた外階段を上り、二階の一番奥が彼の部屋だった。

ドアチャイムに応えて顔を出したのは、まさに頬がこけ、不健康そうにやつれた、生気の乏しい男だ。ユリエは、赤波江が使わなかった表現を使いたくなる。

――この人は蝕まれている。

「お待ちしていました。よろしくお願いいたします。散らかっていますけれど、どうぞ中へ」

部屋の外に妖気が漂っていたりはしなかった。が、中に通されるなりユリエは瞬時に感知した。この部屋が普通からほど遠い状態であることを。濱地ならばその正体まで即座に見抜いたかもしれないが、よくない気が充満している、としか彼女には言えない。

「赤波江さん、感謝します。霊感のある人に見てもらおうとしていたんですが、どこの誰に相談したらいいのかも判らず、途方に暮れていたんです」

低頭された刑事は、具志堅の左肩をぽんと叩く。

「この人は濱地さんといってね、すごいんですよ。大船に乗ったつもりで頼ってください」

その濱地は、自己紹介も省略して悩める男に尋ねる。

「引っ越してくるまではお元気だったんですね？」

「はい。仕事をなくして元気潑剌とは言えませんでしたが、今とはまるで違います。ぼくはどちらかと言うと楽天家で、『節約すれば貯金を取り崩してしばらく生活できる。コロナが収まるまで骨休めするか』と思っていた。それが……ここにきてから、おかしくなって……」

「あなたは運が悪かっただけです。ここは、よくない」

ボスと目が合った。視えるかね、と無言のうちに訊いているのだ。

目が闇に慣れて、周囲の様子がゆっくりと見えてくる時の逆だ。蛍光灯で照らされた決して広くない部屋の四隅に、じわじわと闇がにじみ出してきた。質感を伴った奇妙な闇は、触れると指にこびり付きそうな粘度も感じさせる。

「部屋の隅に――」

言いかけたら、探偵は首を振った。

「四隅だけじゃない」

天井や壁にも、闇は斑模様を描いて張りついていた。何かは判らないが、〈よくないもの〉にしか思えない。〈ろくでもないもの〉とも言いたくなる。

こんな部屋で食事をしたり眠ったりできるはずがない。視えないから、まがりなりにも具志堅は生活ができていたのだ。ここに閉じ込められることを想像した途端、ユリエは二の腕が粟立つ。

濱地が言う。

「赤波江さん。具志堅さんを連れて、廊下に出てもらえますか。ドアを閉めて、外で待っていてください」

「待つ……って、どれぐらいです？」

「そう時間は掛からないでしょう。せいぜい五分。手間取っても十分ぐらいかな」

たった五分で処理できるのだろうか、とユリエは疑ってしまう。助手にあるまじきことに。

刑事と具志堅が出て行くと、ボスの指令が飛んできた。

「志摩君に手を貸してもらおう。きみならできる」

「……わたしの手助けが要るほど手強いんですか？」

ボスが目を細める。マスクをしていなかったら、口元がほころんでいるのが見えただろう。

「いいや。時間とわたしの労力を省くためだよ」

濱地は、部屋全体が見渡せる位置に立って、虚空の一点に目をやる。一分近くが経過した時、何もない空間に陽炎が生じたかと思うと、空気の揺らぎの中心に小さな孔が穿たれる。

「孔が視えるね？　わたしと一緒に、あれを押し広げてほしい。念じるだけでいい」

こういう形でボスを手伝うのは初めてだ。できるだろうか、と心許ない気もしたが、濱地が自分に命じるのだからできるのだ。そう思い直した。

——わたしにはできる。

部屋の中央にできた孔に指を入れ、左右に開くところをイメージしてみた。動く感触がある。

「やはりできるね。いいぞ」濱地の声が弾んだ。「拳(こぶし)ぐらいの大きさにしてほしい。もっと大きくしてもかまわない」

はい、と返事をする余裕はない。気を緩めたら、せっかく広げた孔が縮んでしまいそうだ。押し戻そうとする反発力が働いているのだ。

「こらえていてくれ。なるべく早く済ませる」

声には出さずに、はいっ！　と応えて、精神の集中に努めた。自分が為していることの意味も定かではないが、何か偉業の達成に関わっているようで高揚する。

闇に変化があった。濱地が穿ち、ユリエが広げた孔に向かってゆっくりと動いている。天井からコールタールのように垂れてきた黒い塊は、すでにその先端が孔に呑(の)まれつつある。

理解した。濱地はあの孔に闇を吸い取らせようとしているのだ。汚水を排水口に流すように。

濱地が闇を追い立てているのならば、自分の役目は重要だ。ユリエはさらに集中して、孔を拳より大きく広げる。われ知らず唇を噛(か)み締めていた。

部屋の四隅に沈殿した重たげな闇が、床から剝がれて持ち上がる。ずるりと音がした気がした。それは細かくちぎれて、孔へと向かう。

――どんどん集まってくる。排水口を詰まらせてはいけない。

気合を入れて孔を拡張させた。流れがよくなり、闇は抵抗を諦めたようにそこに落ち込む。室内が浄化されていく気配が感じられるようになった。

時間の感覚が失われていたが、作業を始めて三分は経っただろう。四分は経過したはず。そろそろ五分になるのでは、と思いかけた頃には、闇はほとんど駆逐されていた。

濱地はこちらを振り向かない。少しの取りこぼしもしたくないのだろう。まだ闇の断片がいくつか孔の周辺に漂っているし、染みとして床にへばりついたままのものもある。

これが最後か、と思った黒いものが消えても探偵はやめない。精神的な負荷に耐えかねて、まだですか、と尋ねようとした時、冷蔵庫の裏からひと筋の黒い煙が上がる。それが砕けながら孔に呑まれたところで、ボスが深い息を吐くのが聞こえた。振り向いて――。

「志摩君、よくがんばってくれた。終わったよ」

相変わらずの涼しい顔で、濱地は労ってくれた。全身の力が抜けていき、じわじわと達成感が込み上げてくる。

「わたしには何だか判りませんでしたけれど、あれは〈ろくでもないもの〉だったんですね」

　ユリエが言うと、思いがけない反応が返ってきた。濱地は「違う」と言う。硬い響きの声だった。

「違うんですか？　〈よくないもの〉にしか思えません。そばにいると心を蝕まれそうでした」

　ボスは体をこちらに向け、彼女の目を見る。穏やかで深いまなざしだった。

「〈よくないもの〉というのは、はずれていない。この部屋であれに囲まれて暮らすのは危険だ。現に具志堅さんは心身に悪い影響を受けていた。ただ、そういう影響を及ぼすというだけで、怨念や呪詛ではないし、〈ろくでもないもの〉でもない」

　ユリエは目を逸らさない。

「じゃあ、何なんですか？」

　濱地の答えは意外なものだった。

「〈悲しいもの〉。わたしはそう感じた」

「恨み、つらみ……。そういうものとはまた別の？」

「きみは何も感じなかったようだ。いや、かまわないよ。わたしが正しいとは限らない」ユリエに言葉を挟ませず、彼は続ける。「とにかく、部屋中にこびり付いた黒いものを視たね？　この部屋のかつての住人が残していった想いらしい。あれからは悲しいという感情だけが伝わってきた。純度の高い悲しみだ」

　悲しみの純度とは何か、訊かずにはいられない。

「勉強や仕事で挫折する。切実に望んだ夢がかなわない。恋に破れる。病気や怪我に苦しめられる。大切な人を亡くした。どれもつらいことだが、他人に共感してもらうのが可能で、小説や映画の題材として鑑賞されたりもする。当人にとって、どれほどみっともない失敗やみじめな失恋や悲痛な別れであっても、だ」

「……はい」と相槌を打つ。

「ところが、そうではない悲しみもある。何がどう悲しいのか、他者に察してもらうことがまるで期待できないもの。具体的な例を挙げて説明はできない。わたしだって、どういうものか知らないんだから。そんな種類の悲しみに苛まれた人間の想いが、この部屋にあれを産み落としたんだろう。そして、住人によくない影響を与えた。とことん他者とつながれないものらしいね。消し去るしかなかった」

「想いだけが部屋に残っていたのなら、それを懐いた人はもう亡くなっているんですか？」

「おそらくは。しかし、わたしには断言できない。いずれにせよ、この部屋はもう安全だ」

玄関のドアがノックされる。十分以上が経過したので、赤波江たちが心配しているのだろう。ユリエが飛んで行って、ドアを開ける。

「無事に完了しました。ご安心ください」

そう聞くなり、具志堅の表情が明るくなったが、まだ信じ切れないようだ。「本当ですか？」とも言う。

「住み心地が変わるはずなので、実感してください」

部屋に入ってきた彼は、深呼吸をして首を傾げる。まだ半信半疑なのだろう。それでも先ほどよりはるかに気分が楽になったのが見て取れる。

「まだ確信が持てないかもしれませんが、〈よくないもの〉が滞留していたので消しました」探偵が言う。「ここは真に格安の部屋になりましたよ。怪異がぶり返す虞は万に一つもありません。それでも不安を感じた場合は、いつでもご連絡ください。電話番号はもうご記憶なさったでしょうが、名刺を置いていきましょう。出すのが遅れて失礼しました」

具志堅は拝むようにして名刺を受け取った。

「すごいね、濱地さん。本当に十分そこそこで片づけちまうとは」

人助けができた赤波江もうれしそうだ。濱地は応えて言う。

「具志堅さんは、自分が大変な時に友だちのことを案じ続けていた。そりゃ、わたしも力が入りましたよ」

「あとは岡庭さんの恢復を祈るばかりですね」

具志堅がお茶を出そうとするのを「密になってしまいますから」と遠慮して、探偵と助手と刑事はアパートを辞した。


桜台駅への道を歩きながら、赤波江は饒舌だった。自分が濱地の依頼人になった数奇な巡り合わせを思い返し、「こんなこともあるんですねぇ」としきりに感心しては、「とにかく、よかった」と満足げに頷く。謝礼については話し合いがまとまらず、「また後日にご相談しましょう」と濱地が打ち切った。

ひと仕事終えた探偵は疲れているようだった。「どこかでお茶でも」と赤波江は口にしかけて、「それもまた今度」と言い直す。刑事とは池袋駅で別れ、探偵と助手はまっすぐ事務所に戻ることにした。

応接セットのもとの位置に座り、今日二杯目のコーヒーを飲む。濱地は山手線に乗ってから無口になっていた。

「また何か気になっているんですか？」

ユリエの問いに、すぐには答えない。やがて――。

「赤波江さんが言ったとおりだ。今回、わたしが具志堅さんにたどり着くまで、どれだけの分岐点があったことか」

「そうですね」

おそらく岡庭紀満は居酒屋でここの電話番号を耳にして、箸袋に控えたのだろう。それを具志堅に伝える前に悲惨なことになった。濱地を知る刑事が現場を通りかかったおかげで、うまくバトンがつながったわけだが――赤波江がバトンを取り損ねる機会はいくつもあった。

もしも、彼がおでん屋の赤提灯を見逃して通り過ぎていたら。もしも、話し好きの大将に閉店後も引き止められなかったら。もしも、彼が駆けつける前に岡庭が救急車で搬送されていたら。濱地と具志堅が出会うことはなかった。

「必要な時に、必要な人にわたしの連絡先が伝達される。ここに勤めだして一年以上になるきみは知っているね。事実として受け容れている」

「はい。受け容れるしかない現実です」

「わたしにとってもそうだ。しかし、呼び込まずとも依頼人がきて便利だと喜んでいるのではないし、平然としてもいない。何故そうなるのか、今もって不思議でならない。不可知の原理だか法則だかが作用しているのだろう。だから受け容れているが、正直なところ、わたしは怖い」

――ところで、先生には怖いものがないんですか？

数時間前に自分が投げた質問を思い出す。その答えがここで返ってくるとは。シンクロニシティの話が出た時、彼は電話にまつわるエピソードに黙り込んだ。不可解な伝達という意味で、彼自身に無縁ではなかったからか。

濱地は、右手にカップを持ったままだ。視線はユリエの後ろの壁に刺さっている。

「何者かが、何かが、わたしのもとへ次々に依頼人を送りつけてくる。だから、わたしはこの仕事を続けなくてはならない。自分の意思で開設した事務所なのに、何かが関与している。その何かの正体が、いつか判るとも思えない」

「先生……」と言ったきり、ユリエは言葉が継げない。

「自分の能力を存分に発揮して、困っている人を助けることにやりがいを感じてはいるが……いつまで続くんだろう？　この仕事に倦み疲れた時、わたしは解放されるのだろうか？」

どんな怪異と相対しても常に平然としている探偵の顔に、微かだが恐れの色がある。

ユリエが初めて見るものだった。


『信じられない偶然　シンクロニシティの神秘』（アラン・ヴォーン著／新島義昭編訳）あずさ書房

呪わしい波

気がつくと全身の自由が奪われていた。

両手の指先から両足の爪先まで硬直して、瞼が微かに動くだけ。薄く開いた目に染みの浮いた天井が映った。

――ああ、金縛りか。今年になって初めてだな。

ひと月のうちに何度も襲われたこともあるが、ここしばらくは起きなかった現象だ。子供の頃からの長い付き合いだから、これはどうしたことか、という驚きはない。

昔はわけが判らずパニックになりかけたりもしたが、科学的に説明がつく生理現象にすぎないことを本で知ってからは、恐怖が薄れた。

不愉快で気味の悪いことだから、渦中で平静を保つのは難しい。それでも年齢を重ねるうちに達観し、しょっちゅう片頭痛に襲われている知人よりはよほどましだ、と自分に言い聞かせられる境地にまで至っていた。

――今日は何を見せてくれるんだ、俺の脳は？

布団のまわりから瘴気が立ち上り、水底から見上げているように天井が揺らぐ。襖の向こうでは床がみしり、みしりと鳴りだした。五メートルほどしかない短い廊下を何かが行ったり来たりしているらしい。「はあ」とも「ああ」とも聞こえる大きな溜め息を洩らしながら。

足元に人の気配がある。視野の外なのに幼い子供であることだけは判った。その子は畳に尻餅をついた恰好でぺたんと座り、毬か何かを弾ませて遊んでいるらしい。

階段を軋ませて、誰かが上がってきた。この六畳間を目指しているのだろう。同業の仲間やら近所の住人やらといった顔見知りが寝室まで闖入してくるのはよくあるパターンだ。

立て付けが悪いはずの襖が滑るように開いたかと思うと、入ってきたのは未妃だ。実物よりはるかに身長が高くなった娘は、枕元に立つなり深く腰を折って、彼の顔を覗き込んだ。能面をかぶっているかのごとく表情はない。「ふあ」と音を立てて吐いたその息が、彼の顔に当たった。

――まだか。さっさと終わってくれ。

代わり映えのしない茶番に付き合わされるのはかなわない。今夜はぐっすり休んで、明日は溜まっている荷物の片づけをしたいのだ。

廊下の足音は続いている。足元の子供は二人に増えたらしい。腰を伸ばした未妃は枕元に突っ立ったまま。

いきなりこんな経験をしたら、叫びだしたくなるに違いない。叫ぼうとしたら声も出せないことを知り、さらに戦慄するだろう。

旧臘の忘年会の席で、アンティークショップを何軒か経営している若社長が金縛りに遭ったことを話していた。いい出物があるとの情報を得て福島県の喜多方まで出向いたところ、買い取りの価格交渉に予想外の時間がかかり、日帰りのつもりが郡山で一泊するはめになった。そのビジネスホテルで怖い夜を過ごしたのだという。

傍で聞いたところではありふれた金縛りでしかなく、数分で体の自由が戻ったらしいのだが、当人にとっては人生で最も恐ろしい出来事だったという。

——うつらうつらしていたんです。半醒半睡かな。もう眠る、意識がなくなる、と思っていたら、ベッドの足元から何かが伸び上がってきた。白い着物をまとった髪の長い女ですよ。『うわっ、幽霊か！』と驚いた。慌てて体を起こそうとしても体がまったく動かない。もう怖くて怖くて。そうしたらその女が、がばっ、と僕の上にのしかかってきた！　悲鳴も上げられないのか、と思った次の瞬間に呪縛が解けていました。

ただの金縛りだろ、と笑う者がいた。疲れた時には俺もなるよ、と言う者も。若社長も照れた笑みを浮かべつつ、なおもその時の恐怖を語っていた。

――心霊現象でも何でもないんですよね。でも、実際にかかってみるとそうは思えなかったなぁ。目が覚めてからも胸がどきどきして、寝ようとしたら同じことが繰り返されそうな気がする。部屋を明るくしてテレビを点けたまま、朝まで起きていようかと悩みましたよ。

若社長には、それまで霊的な体験はまったくないそうだ。世の中には科学では説明がつかない不思議なことがあるとも聞くが、それらは単なる錯覚か、あるいは暗示にかかりやすい人間の世迷い言だと考えていた。また、仮に心霊現象なるものが実在するのだとしても、特殊な能力のある人間にしか感知できないのだろうから、自分には無縁だ、とも。

――だけど、違いました。今まで無縁だったのに何の前触れもなく変なのに遭遇してしまった。これからもあるかもしれない、と思うのは嫌なもんですね。

金縛りは心霊現象ではない。睡眠には二つの種類があり、ノンレム睡眠というものからレム睡眠へと移行するようになっているが、いきなりレム睡眠に入ってしまったことが原因で起きる生理現象にすぎない。脳がまだ起きているのに体が先に眠ったことで発生するもので、平たく言えば寝ぼけているだけだ、と解説する者がいたが、若社長の不安は払拭されないままだった。よほど怖かったのだろう。

――原因を解説されても、だったら安心しました、とはなりませんよ。あんなの二度と御免だなぁ。

子供の頃から経験していると、平気になれずとも、繰り返し襲われるうち因果なものとして諦めるしかなくなる。すぐ近くの席だったら若社長たちの話に加わったかもしれないが、少し離れた席でのやりとりだったので、わざわざ口を挟んだりはしなかった。

子供たちの声が低くなった。ひそひそと密談している。

それにかぶさって、座敷箒で優しく畳を掃くようなザラザラという音が聞こえてきた。

――夜中に掃除？　いや、違う。

水が打ち寄せているのだ。これは波の音。ゆったりとしたテンポで反復している。その中にも何かがいるのか、ぴちゃぴちゃと水が跳ねる音が混じる。

波打ち際は漸進し、足首の下あたりの布団が湿ってきた。ひんやりと冷たい。これがそのまま上がってきて、布団全体がぐっしょりと濡れてしまったら、どれほど気持ちが悪いだろう。

尻の下まで水がきた。腰のあたりまできた。錯覚だと承知していても、感触はとてもリアルだ。ざらついた潮騒が高まり、心を乱す。

足元の子供たちも、枕元の末妃もいなくなっていた。部屋には満ちてくる波に包まれてゆく彼しかいない。

——これぐらいで勘弁してほしい。今夜はしつこいな。要素も多いし、いつもと感じが違う。

長い付き合いなので、金縛りの解き方についてもある程度の心得がある。この状態に陥ってそれなりの時間が経過した。もうピークは過ぎ、終わりが近いはずだ。

両手の指先に意識を集中させると、動かせそうな気配があった。人差し指から動く場合が多い。まずは右手の、次に左手の人差し指がぴくりと動く。自由の恢復(かいふく)を感じつつ、乱れている呼吸を整えにかかった。焦らず、ゆっくりと。

慣れ親しんだ世界が徐々に戻ってきた。部屋中に見ていた不穏な空気が消えて、日常が返ってくる。「やれやれ」と言葉を発することも可能になっていた。

久しぶりに金縛りに遭った原因は、考えるまでもない。商品の片づけ作業による肉体的疲労と、あの問題からの精神的ストレスだ。コロナ禍は——おそらく関係あるまい。

目を覚ますと朝だった。

昨夜の金縛りはどこかいつもと違っていたが、いったん去った後はぶり返すことなく、朝まで熟睡できたのはありがたい。十一時に床に就き、目覚めたら七時過ぎ。ふだんどおりである。

彼――苑田亘輝は階段を下り、まずは仏壇の水を換えて手を合わせた。妻に病気で先立たれて四年。この朝の儀式は一日も欠かしたことがない。

洗顔を済ませ、ダイニングでテレビを観ながら朝食を摂る。冷や飯で茶漬け。少し前までは朝はもっぱらパンだったが、うまい漬物を見つけてから和食に切り替えた。

茶碗と皿を流しに運んでから両肩を回してみると、ひどく凝っている。先月あたりから肩こりが気になりだした。腕を酷使するほど忙しくはしていないのだが。

肩だけではなく、体調そのものがよくはなかった。慢性的にだるいし、健啖家を自任していたのに食欲も落ち気味である。気になってはいるが、病院で検査を受ける必要までは感じていない。

コーヒーを飲みながら読むために新聞を取りに行った。お宝。お宝もどき。お宝だか何だか彼自身にも判別がつきかねるもの。雑多な品々を陳列した店を抜け、シャッターポストに差し込まれた朝刊を手にしてダイニングに戻った。

テレビで観たばかりのニュースを活字で読む。新型コロナの感染は落ち着きをみせているようだが、一時的な小休止だろう。いずれ第二波、第三波がやってきて、第一波が序の口だったと思う事態になりはしないか心配だ。

疫病はそう簡単に去るものではない。寄せては返す波となって、何年にもわたって人間社会を苦しめるだろう。ワクチンが早く開発されることを祈りつつ、当面は警戒を続けるしかない。

八時を過ぎた頃、店内の机に向かってパソコンを起動させた。夜のうちに二件の注文が入っている。古木を使った民芸調の状差しは安い品だが、かつてフランス王室御用達だったクリストフル製のカトラリーセットは強気の値付けをしていた。寝ているうちに結構な売り上げが立ったのだから便利な時代になった。どちらも梱包や発送が楽なのも助かる。

このところ買い取りの相談や依頼も多くなっているのは、コロナ禍で巣ごもりをしている間に家に溜まったものの整理や処分をする機会が増えたせいだろう。ぬいぐるみについての問い合わせが一件届いていた。仕入れたそばから売れた品もいくつかあり、そんな流れを大事にしようと積極的に買い取るようにしている。古物商を廃品回収業者と勘違いしているのではないか、と言いたくなるつまらない依頼もあるので、しっかりと選別はしているが。

受注した旨と支払い方法を客にメールで伝え、ぬいぐるみ買い取りの相談についてはいくつかの質問を書いて送った。それから、昨日やり残した梱包作業を行ない、宅配便の業者に電話して「三つあります。台車に載りますので、よろしく」と集荷を頼む。

十時になったので、店のシャッターを開けた。梅雨入りしているのに空に雲はなく、日差しが強い。

開店するなりお客が入ってくる店ではないから、のんびりと商品にはたきを掛ける。骨董品としての価値が高い和簞笥やヴィクトリア朝のテーブルからセルロイドの玩具、レトロ風デザインの腕時計、安いことだけが取り柄の食器類までが犇めき、混沌とした品揃えだ。〈雑宝堂〉という店名は伊達ではない。

はたき掛けの最中、閉店した美容室から仕入れたシザーの値札に目が留まった。先日、ふらりと入ってきた客に「これ、桁が違ってない？」と言われたのを思い出したからだ。確かに数字が読みにくかったが、桁を間違えたりはしていない。鋏など百円ショップでも売っている、とその客は思ったのだろう。美容室や理髪店で使われているシザーは十万円で買えない、と言うと疑わしそうな目になっていた。

値札を書き直したら、刃の部分に汚れが付いているのが気になってきた。店先の消毒用アルコールをティッシュに吹きつけ、軽く拭っておく。輝きが戻った。

昼は素麵にしようか、まだ一食分は残っていたはずだが、と考えていたら引き戸が開き、本日一番の客がやってきた。日傘を畳んで入ってきたのは、四十代後半ぐらいに見える女性。ノースリーブが涼しげなワンピース姿で、小ぶりのショルダーバッグ——ブランドまでは判らないが上物——を肩に掛けている。

「こんにちは」

向こうから先に声を掛けてきたので、彼はすかさず応じる。

「いらっしゃいませ。六月だというのに、今日も晴れて暑いですね」

初めての来店ではなかった。半月ほど前にも一度、これぐらいの時間にきたのを覚えている。

目鼻立ちがはっきりとした顔で、睫毛が長く、豊かな頬がマスクからはみ出していた。落ち着いた雰囲気をまとい、話し方は丁寧。前回は、ペアのワイングラスを買ってくれた。

「またお近くにご用事が？」

尋ねると「はい。ちょっと」との返事。

前回、短い会話を交わした折に、このあたりに住んでいるのではなく、知り合いに用事があってきているのだ、と聞いていた。

「あのワイングラス、愛用していますよ。いい買い物をいたしました」

うれしいことを言ってくれる。客がこちらの機嫌を取る理由もないから、本当に気に入ったのだろう。

「それはよろしゅうございました。こちらこそ、いいお客様に買っていただき、ありがたいことです」

「他にもよさそうなものがお店に並んでいたので、また寄せていただきました。特に目当てのものがあるわけではないので、あれこれ拝見してもかまいませんか？」

「はい、もちろんです。どうぞご存分に。気になる品がありましたら、お手に取ってご覧ください。お傘はそちらの傘立てにでも」

両手が自由になると、客は店頭の品々をゆっくりと見て回った。用事はもう済んだのか、早く着きすぎた調整がしたいのか、時間に余裕がありそうだ。

七宝焼きの細工が施されたコンパクトをしげしげと眺めていたので、どうやらお買い上げだな、と期待したら、首を傾げてもとの場所に戻してしまった。

売れても売れなくてもかまわない。この感じのよい女性の興味を惹くのはどんな品だろうか、と気になって観察をする。

「こういうおもちゃ、集めている方が多いからいいお値段になるんでしょうね」

セルロイドやブリキの玩具を指して言った。むやみに商品に触ろうとしないのも上品だ。

「希少価値ですね。おもちゃですから、本来はお子さんが乱暴に扱う消耗品です。きれいな状態のものは多くありません。そこにコレクターの方は価値を見出します」

「このブリキの兵隊さんなんか本当にきれいで、新品みたい。子供に遊んでもらえなかったんでしょう。コレクターの大人に買って大事にされるのだとしたら、モノにも色んな運命がありますね」

くるりと体の向きを変えて、家具が並ぶ一角に足を進める。途中で歩調を落として、小さく深呼吸をしたりした。店内の古物の匂いを嗅いで楽しむように。

装飾の入った鉄金具がいかめしい簞笥の前で、彼女は立ち止まった。

「これは金庫ですか？」

簞笥と呼ばれるが、用途は金庫だ。てっぺんに提げるための金具が付いていることから察しがついたらしい。

「はい。北前船や千石船で使われていた特殊な金庫で、船簞笥と言います。海が荒れて、船内のものが壁にぶつかったりしても壊れないよう頑丈に作られています。海難事故に遭って浸水した場合に備えて、防水性も高い。大きさや用途別に懸硯、帳箱、半櫃と三種類あるうちの、これは懸硯です」

「防水性を高めるために、こんなにがっちり作られているわけですか。あら、金具に家紋が」

「豪華なものでしょう。桐と欅に漆が塗ってあるんです。たんまり儲けていたから、こういうものを作れたんですね。名産地の筆頭は佐渡で、これは都内にお住まいのコレクターから入手しました。職人技は箱の中にも発揮されていて、色々なからくりが仕掛けてあったりします。一部お見せしましょう」

「いえ、こんな高価なものはとても買えませんから」

客は遠慮したが、「見ていただくだけで結構です」と言って鍵を開け、二重底や隠し箱を披露した。店の商品を褒められるのは、わが子を褒められるのに等しい。彼はいい気分だった。

「船簞笥は、船が沈没しても大事なものが助かるようにできています。これは水に浮くんです」

「こんなに金具がびっしりで、沈んでしまいそうですけれど」

「言い伝えられているだけでもなく、再現したもので実験したら本当に浮いたそうですよ。いざとなったら、人間が捉まって浮かんでいることもできたと言われます」

「へえ、すごい」

店内をぐるりと見て回ってから、客はアンティークグラスのスパイス入れを買ってくれた。熱心に接客してくれた店主に気兼ねして、無理に買い物をしてくれたのではないか、とも思ったが、「またよいものが見つかりました」と言ってくれた。口元はマスクで隠れていても、微笑んでいたのが判った。

彼女のおかげで午前中を気持ちよく過ごし、素麺もうまく茹でられた。さらに新たな注文がネットに入り、鼻歌が出そうになっていた彼だが、「ごめんください」の声を聞いてたちまち表情が曇った。

「突然ですみません。少しお時間を頂戴できますか？」

隙なくスーツを着こなした男は、許しを与えてもいないのに、もう店内に踏み込んでいた。店を構えていたら門前払いもできない。

「カンナギ開発の彦山です。営業中に失礼いたします」

何度も会っているのに、いつも名乗るのがまた鬱陶しい。

「今日もよく晴れて暑いですね。六月なのに」

さっきの客に自分が掛けたのと同じ言葉を投げてきたので、自己嫌悪に陥りそうだった。

「あんたのために時間を費やしたりしないよ。汗をかきながら何度きても返答は変わらないから、帰ってもらおうか。商売の邪魔だ」

目も合わせず応えた。

「そんなにつれなく言わないでください。お客さんがいらしたら黙りますから、お邪魔はしません。そもそも〈雑宝堂〉さんは、今ではネット販売が中心じゃないんですか？　倉庫とパソコンがあれば十分……というより、経費が減ってお商売の効率がぐっと上がると思うんです」

ひと言ひと言が神経を逆撫でする。心の中に暗鬱な雲が広がっていくようだ。

「商店街からはずれてはいますが、駅から徒歩七分の角地。こんないい場所に店舗をかまえていたら、固定資産税だけで大変でしょう。お店を手放して、ネット販売だけにするのは賢い手だと思うんですが」

「お前は賢くない、馬鹿だ、と言いにきているわけだ。馬鹿の相手をしにくるあんたも相当な馬鹿だよ。他人の商売のやり方に文句をつけるな」

にらみつけてやったが、額の汗をハンカチで拭った彦山は、世にも涼しげな顔になっている。鉄面皮とはこのことか。

「私どもは、可能な限り苑田様のご希望に添いたいと考えています。交渉の余地があるとすれば、やはりご売却いただく金額でしょうか？　お移りいただく先の条件ですか？」

「どちらでもない。交渉はしない、と前からはっきり断っているだろう。他人が売りたがっていないものを買おうとするな。まったく傲慢（ごうまん）だよ、あんたたちの会社は」

こちらの言うことなど、まるで聞いていない。

「この土地にこだわる理由がおありなのでしょうか？　先々代からこちらで骨董品店を営んでおられるのは存じていますが、ここでなければできない商いでもないかと。先ほども申したとおり、昨今はネットで繁盛なさっているようにお見受けします」

「嫌みにしか聞こえない。繁盛なんてしていないよ。細々とやっているだけだ。だいたい『こだわる』とは何事だ。辞書を引いたことがあるか？　こだわるというのは、どうでもいいことに執着する、という意味だ」

「そうなんですか？　もともとはそうなのかもしれませんけれど、今は別の意味で使われていますよ」

言い返されて、ますます腹が立ってきた。

「そっちこそ、どうしておれを立ち退かせたがるのか判らん。どこにでもあるようなマンションを建てたいだけだろ。売れないと言われたら、とっとと他を当たればいいだろ」

隣のコインパーキングは、もうカンナギ開発に売り渡されていると聞いたし、裏の空き家についても話がついたらしい。彼らとしては、残るこの角地が是が非でも欲しいことを判っていながら毒づいた。

「いえいえ、そう簡単に諦めるわけにはいかない。こちらのような優良な物件はめったにありません」

「売りに出してないのに物件とか言うな。——もうたくさんだ。十秒以内に敷居を跨いで出て行ってくれ」

「話し合っているうちに思わぬ妥協点が見つかり、双方にとってよい結果になる、と信じているのですが」

「妥協点なんてものはない。話すだけ時間の無駄なんだよ」

「お嬢様のご意見はいかがでしょうね。ご相談なさったりは？」

「結婚して家から出た娘は関係ない。ここはおれの店だ。おれの店だ。——もう十秒が過ぎる。頭からアルコールを掛けて消毒されたいか？」

退去命令に従わないのなら腕ずくでも排除するつもりでいたが、こちらを見たまま後退り(あとずさ)を始めた。敷居のそばで止まり、馬鹿丁寧に一礼する。

「仕切り直した方がよさそうですね。残念ですが、本日はこれにて失礼いたします。また日を改めて——」

最後まで言わせず、「くるな！」と怒鳴りつけた。


買い物に出るのが億劫(おっくう)だったし、食欲もわかないので、夜はレトルトカレーで済ませた。今日はろくに野菜を摂らなかったが、たちまち健康を害するわけでもない。朝から三杯目のコーヒーを食後に飲みながら、ふう、と溜め息をついた。

性懲りもなく彦山がやってきたのは不快だったが、ネットでの注文が午後からも三件入り、なかなかの売り上げが立って悪い一日ではなかった。

夕方に持ち込まれた品も気に入った。「こんなものも買っていただけますか？」と初老の男性が出したのは、洒落(しゃれ)たデザインの鏡だ。古びてはいたが鏡面には小さな瑕(きず)もなく、木製のフレームにあしらわれた蔦(つた)の絡まり具合が素晴らしかった。腕のいい職人の手になるものと見えたし、すぐに買い手がつきそうだったので、喜んで引き取った。男性は買値には頓着しておらず、「大事にしてくれる人の手に渡ったらありがたいです」と満足げだった。とりあえず店頭に飾り、明日にはネットに商品として上げるつもりだ。

テレビをだらだら観ていたら、八時半頃に電話が入った。

「用事があるわけじゃないの。どうしてるかな、というご機嫌伺い」

未妃だった。新型コロナの感染が広まった三月から行き来が絶えているが、月に二回は電話をしてくる。

「変わりはないよ。そっちはどうだ？」

「元気にしてる」

「晴也君も？」

「うん。こんなご時世でも、あっちに行ったりこっちに行ったりしてるけどね」

義理の息子は自衛官だった。仕事熱心で優秀らしく、三十四歳で佐官の手前まできている。性格的にも誠実で、婿として不足はなかった。

「ねえ、ちゃんと食べてる？」

「当たり前だろう。日に三度、朝昼晩と食ってる」

「だったらいいけど……。なんか声が違ってる。ちょっと弱々しい」

妻を亡くして四年。娘が結婚して家を離れてから二年。とうに一人暮らしに慣れているのに、まだ無用の心配をしてくる。

「静かな部屋で電話してるから、大声を出していないだけだ。おかしな言い方をするな」

「正直に言うと、前に電話した時から気になってたの。――近いうちに行こうかな。コロナも収まってきているし」

「埼玉から県境を越えてこなくてもいい。困ったことがあったら、こっちから連絡する」

娘夫婦は朝霞市の官舎で暮らしていた。

「車で行くから大丈夫。――もしかして、例の不動産屋がしつこく言ってきてるんじゃないの？　それが頭痛の種になっているとか」

「あんな奴らに悩まされたりするもんか。今日ものこのこと顔を出しやがったから、追い返してやった」

ねちねちと様子を話したら、娘のうんざりした声が返ってくる。

「もう判った。向こうも遊びじゃないから今後もうるさく言ってくるだろうけど、喧嘩腰になったりしないでね。興奮したら体にも心にもよくないし」

「近々そっちに行く」「こなくていいぞ」のやりとりを繰り返してから、電話を終えた。

風呂に入り、だらだらテレビを観ているうちに夜が更け、十一時を過ぎる。妙な疲労感があったので、早めに寝ることにした。

戸締りを確かめ、仏壇に手を合わせてから二階へ上がりかけたら、倉庫にしている階段脇の部屋から物音がする。キュルキュルという金属が擦れるような音だ。

ドアを開け、明かりを点けて室内を見回した。椅子やテーブルといった家具を押し込み、その上にランプや花瓶を置いてある。未整理の雑貨は、箱に詰めて床に積み上げたまま。品物にも窓の施錠にも異状はなく、耳を澄ましても何も聞こえない。気のせいか、と階段を上がった。

電灯を消して布団に入ると、静けさが彼を包む。あらかじめ点けていたエアコンの微かな機械音がするだけだ。

よけいなことは考えずに早く眠ってしまおうとしたのに、ここを買いたがっている業者のことに気持ちが行ってしまい、忌々しい。東京でも空き家の増加が問題視されている。マンションを建てたいのなら、土地は他にいくらでもあるだろう。気に入ってそこに住み、商売をしている人間に狙いを定めなくてもいいではないか、と寝床で憤慨する。

ここで古物を扱う店を始めたのは、彼の祖父だ。二代目店主の父が十年前に没すると亘輝が継いだ。ささやかながら三代にわたって続けてきた店である。自分の代で終わりになりそうだが、あと十年や二十年は守りたい。

父が店主だった時代には地価が異常に高騰するバブル景気があり、その時もここを売れと言い寄ってくる不動産業者がたくさんいたと聞いた。さぞや迷惑だったであろう。

暗い天井を見上げながら、記憶にぼんやり残っている父の面影をたどっているうちに眠気を催し、瞼が重くなってきた。これでよし、と思っていたら——。

今夜も金縛りがきた。

体の自由が利かなくなった後、いつもは次第に不穏なものが出現するのだが、今夜は展開が急だ。何かが侵入してくるのではなく、すでに部屋にいる。人だか何だかわからないものが、何人も、いくつも。

砂袋をずるずる引くような音をさせながら、それらが布団のまわりを回り始めた。耳をふさぎたいのに、腕どころか指先すら動かせない。

これは単なる生理現象。とうに医学的にメカニズムが解明されている現象。そう自分に言い聞かせようとしても、今夜はうまくいかない。襲ってくるものの厚みが異なるように感じられた。

また足元から幻の波が寄せてきたかと思ったら、たちまち布団全体が冷たい水に浸っかった。波音が聞こえる。最初は足元から。やがて四方から。それに呼応して、部屋中の空気が細かく振動するのが感じられた。

布団のまわりでは奇怪な何かの円運動が続いていた。魑魅魍魎が足を引きずりながら舞踏を楽しんでいるかのようでもある。円舞が時計回りなのか、その逆なのかが何故かどうしても判らない。

氷のように冷たい手が左右から伸びてきて、彼の両腕を撫でる。怖気を震わずにいられなかった。

悪夢の中に閉じ込められたがごとき時間がどれだけ続いたのか、それが去った後、見当がつけられなかった。はてしなく永く思えたが、去ってしまえば慣れ親しんだものしかない、いつもの部屋だ。

——心身の疲労のせいだろう。リラックスして生活しよう。

寝ようとしたら同じことが起きるのではないか、と不安になったが、階下でミネラルウォーターを呷ってから床に戻ると、恐怖で疲れてしまったせいか、ほどなく眠りに落ちた。

車をコインパーキングに駐めた未妃は、仏壇に供える花と父が好きな洋菓子を入れた袋を両手にして降りた。今年は六月に入っても雨が少なく、今日も快晴だ。

実家に足を向けかけたところへスーツ姿の二人組がやってきた。四十代と二十代。上司と部下らしく、若い方から話しかけている。

「もうひと押ししってところでしょうか。あれは効いていますよ」

年嵩の方が応える。

「いや、まだふた押しぐらいは要るかもしれない。いずれにせよ、ここまできたんだから焦ることもないだろう」

もしや、と思って見ていると、彼らはカンナギ開発の社名とロゴが入った車に乗り込む。父を訪ねていたらしい。

もうひと押し、とはどういうことか？　父には土地を明け渡すつもりが微塵もない。あれだけ店を大事にしているのだし、母との想い出がいっぱい残っている家だ。好条件を提示されて心変わりをしかけているということなど考えられない。それでも胸がざわついた。

ガラスに〈雑宝堂〉と金文字が入った引き戸を開けると、古物の匂いが鼻を衝く。久しぶりに嗅いだ。甘さと苦さがブレンドされた幽香だ。子供時代に「これって時間の匂い？」と父に訊いたら、「おまえは面白いことを言うねぇ」と喜んでくれたことがある。赤い着物の市松人形が怖くて「あれだけは嫌」とべそをかき、父に片づけてもらったことも。

「きたわよ。お父さーん」

店内に姿がなかったので、マスクをしたまま奥に呼びかけた。返事はなかったが、ごそごそと人が動く音がして、背中を丸めた亘輝が出てきた。掠れた声で言う。

「本当にきたのか。暑い中、車を走らせてこなくていいのに」

顔を見るなり、未妃は息を呑んだ。張りのない電話の声から健康状態を案じていたのだが、三ヵ月ぶりに対面した父のやつれ方は想像をはるかに超えていた。体重はどれほど落ちたのだろうか。目の縁にははっきりと濃い隈があり、頬がこけてしまっている。そして、血色の悪さといったらない。

電話の翌日にでもくればよかった。美容室の予約を入れていたし、スマートフォンが壊れて買い換えるなどの雑用が重なったせいで、あれから一週間も間が空いてしまったのが悔やまれる。その間にも父のコンディションは悪化していったのだろう。

「お父さん……。病気なの？　お医者さんに診てもらってる？」

「人の顔を見るなり病人扱いするな。このところ体調があまりよくないが、店を開けてちゃんと働いてる」

「働いちゃ駄目でしょう。休まないと。今にも倒れそう」

「どこも悪くないのに休めるか」

凝ったフレームの鏡が店頭に飾られていた。未妃はそれを取り、父に突きつける。

「毎朝、洗面台で鏡を見ているはずだけど、ほらこれ。病人の顔じゃないの。全体が土色。そんなに痩せちゃって、猫背で出てくる時の足取りはゾンビみたいだった」

「何ともないだろ」鏡を覗いて、平然と言う。「わざわざ気分の悪くなることを聞かせにきたのか？」

　強がっているふうでもないことに不安は募った。鏡に映る自分が「何ともない」ように見えているのなら、精神も変調をきたしているのだ。

　コインパーキングで見掛けた二人のやりとりを思い出した途端、とんでもないことが閃いた。あまりにも突飛な発想だったが、反射的に口に出してしまう。

「不動産屋の人がきていたでしょ。そこですれ違った」

「今日は二人、な。けんもほろろに追い返してやった」

「『お痩せになりましたね』とか言われなかった？」

「おれの機嫌を取ろうとしているのに、そんな失礼なことは言わん」

　それはそうだが、言わない方が不自然に思える。まさか、と嫌な想像をした。

「あの人たち、手土産を持ってきたりする？　それを食べて具合が悪くなったことは？」

　亘輝はかぶりを振った。最初は羊羹などを持参してきたが受け取らなかったし、その後は何も提げてこない、と。

若い方の男の「もうひと押し」という言葉が引っ掛かったのだ。いくら頼んでも交渉に応じない父に対して、彼らは毒入りの菓子を食べさせるといった非常手段に訴えたのでは、と疑った。

「真剣に聞いて。三ヵ月前とは全然違っていて、お父さんは明らかにおかしい。見るなりびっくりした。絶対に体を壊しているはずよ。調子が悪くなったのはいつ頃から？」

未妃は、鏡をかざしたままだった。亘輝はそれを再び覗いてから、ぶっきらぼうな態度で答える。

「ひと月ぐらい前から、体が何とはなしにだるかったりする。たまにあることだ」

自分で自分をごまかしながら過ごしていたようだ。健康管理がなっていない。これだから独り暮らしの男は、と未妃は嘆息した。

「十日ほど前から――」

「えっ？」

床に就くと激しい金縛りに襲われる、とぼやき始めた。亘輝はそんなものには慣れていて、怖がることなどなかったのに。狐狸妖怪や幽霊、呪いや祟りといったものを一切信じていない父が、怯えを帯びた口調で話す。

「これまでとは別物で、あれは金縛りじゃないのかもな」

「別物ということは……？」

難しい顔になり、黙ってしまった。

巨輝は若い頃から体重が変わらないことを自慢していた。それがどうだ。わずか三ヵ月のうちに、七十キロから五十キロぐらいまでに減ってしまったように見受ける。

親しい者がそばにいたら、どうかしたのか、と訊かずにいられないだろう。そういう人との接触がないせいで、事態がどんどん悪化したのかもしれない。

コロナ禍が人とのつながりを断ち切ったのも一因だろう。のみならず、昔から交わっていた高齢の隣人や顧客が他界したり転居したりしたことが響いていると思われる。買い物に利用していたスーパーも新しい店になり、父を取り巻く環境は大きく変わっていた。

ネット販売は順調だったらしいが、パソコンを通して、買います、売りますといくら盛んにやりとりをしても、売り手と買い手に対面での接触はない。父は孤立したまま過ごしていたのだ。

立ちっぱなしで話し込んでいた。未妃は手にしていたものを商品のテーブルに置いた。それから来客用の椅子に座り、三ヵ月前の父の写真をスマホの画面に呼び出して、先ほどの鏡を並べて見せた。

「よく見て、お父さん。だいぶ変わっちゃったよね。それは認める？」

今度はじっくりと見てから亘輝は答えた。

「どこが？　同じ面だろう。何の変化もない」

「……痩せたよね？　鏡を見なくても判るでしょ。腕まで細くなってるもの」

「おれは昔から体重が変わらない。高校時代から痩せも太りもしないんだ」

とぼけているようでもない。未妃は寒気がした。

「金縛りに関しては、『これまでとは別物』だと感じるのね。体の状態が別物になっているのよ。お医者さんに行こう。すぐに」

若い頃から変わらないのは体重だけではない。白衣を見るのも好きではないほど病院を苦手にしていた。

「内科か？　外科か？　それとも、こっちか？」彼は、人差し指で額をとんとん叩いた。「おれの挙動を怪しんでいるんだろう。何回も鏡を見せては、答えを聞くたびに首を傾げていた。おまえは脳の検査を勧めたいみたいだ」

おかしなものだ。父の頭がしっかりしていることは、その言いぶりで判った。息苦しさを覚えて未妃は深呼吸をした。気持ちがいくらか落ち着いた。

金縛りのことが引っ掛かる。それについては父も解せないようだ。

「『これまでとは別物』って、どういうこと？　くわしく説明してみて」

「ああ、金縛りな。頻繁に出るようになった。ここ一週間は毎日だ。体が動かない時間も長くなっていて、気味の悪さも増している」

「お化けみたいなのが、いっぱい出てくるの？」

未妃自身は、そのような体験をしたことはない。以前に父の話を聞いて、わが身に起きないことに安堵していた。

「入れ代わり立ち代わり登場する。ただ、三日ほど前から様子が変わって、真っ暗な海を漂流するようになった。真の闇。その中でかろうじて浮かんで、陰々とした水音を聞きながら漂う。お化けの類は出てこないんだが、いたるところで嫌なものの気配がするんだ。前にも後ろにも、頭の上にも水の下にも何かがいる。そのうち上から頭を押され、下から足を引っ張られるんだろうな」

「眠れないじゃないの。わたしだったら布団に入るのも嫌」

「人間なんだから、ずっと起きているわけにもいかない。日中働けば、疲れて夜は眠くなる。別物っぽくなったとはいえ、たかが金縛りという名の錯覚だ。気味の悪さがグレードアップしたのなら、それに慣れてしまえばいい」

無理にでも自分を環境に順応させようとする癖が亘輝にはあったが、ものには限度があり、時に挫折する。身近に相談相手がいないせいか、また無駄ながんばりをしているようだ。

「放っておいてもよくならないかもしれない。どうしてそんなことになったのか原因を突き止めないと」

「原因ったって、思い当たるものはない。同じような日が続いていただけだ。変な客がきて揉めたりもしていない」

土地を売れ、と業者が押しかけてくるようになったのは今年の二月頃からだ。煩わしいながら、それまた日常のひとコマと化していたと言い張る。コロナ禍も落ち着きを見せていたし、そもそも自分はあまり神経質になっていないのだ、とも訴えた。

「とにかく上がれ。せっかく花を持ってきたんだから仏壇に供えてこい」

「うん」と腰を上げた。

レジの脇を通り過ぎる際、ふとカウンターにやった未妃の目にあるものが留まる。

――何なの、これ？

思わず手が伸びた。

濱地健三郎が目の前にいる。

仕立てのいいスーツに身を包み、髪はオールバック。紳士然としていて、背筋がまっすぐで美しい立ち姿だ。五十歳で通りそうだが、並はずれて貫禄と落ち着きがある四十歳前の人間に見えなくもなかった。

年齢など、どうでもよい。実在していたことに驚いた。店先で静かに差し出された名刺は、心霊探偵という肩書を含めて亘輝の手元にあるものとまったく同じだ。違っているのは、紙の白色が黄ばんでおらず、右下の隅が折れていないこと。

一緒にやってきた助手の女性からも名刺を受け取った。志摩ユリエとある。こちらは二十代の前半もしくは半ば。未妃よりいくらか若い。シックなスーツ姿は、オフィス街でよく見掛けるいでたちで、怪しげなところはない。髪はくすんだ茶色。瞳がいきいきしているので、マスクをはずした顔が見たくなる。

だが、心霊探偵などというものが職業として成立するとは信じがたいし、人を騙そうとする人間はまっとうな態度と外見で接してくるだろう。心を許すのは早い。

「どうぞ、お掛けください」

未妃が来客用の椅子を勧め、お茶を淹れるために引っ込んだ。向かい合って亘輝も腰を下ろし、ともかく足を運んでもらった礼を述べた。さすがに探偵本人を前にして、「娘が勝手に相談したんです。おれは頼んじゃいないからね」と仏頂面をするのは憚られる。

濱地にさりげなく観察されているのを感じる。やつれ具合から何か診断を下そうとしているのか。いくら鏡を覗きこんでも、頬が削げるほどやつれている、という自覚が亘輝にはないのだが。

「未妃さんからお話は伺っています。苑田さんご自身とお目にかかって確信しました。

ご相談いただいて、よかった」

　よく響く声で探偵は言った。どういうことか、と亘輝は説明を求める。

「霊的な力の干渉を受けています。おつらいのでは？」

　はったり臭くて、素直に聞けない。

「濱地さん。娘からお聞きになっていないいかな。わたしは、霊だの呪いだのというのをこれっぽっちも信じていないんです。ああいうのは、信じていればこそ暗示が効くんだと思いますよ」

　未妃が冷えた緑茶を運んできて、少し離れたところで商品の籐椅子に座った。

「お疑いになるのは当然です。わたしは、このお店に入るなりよくない力を感知しました。その発生源を取り除いたら、苑田さんを悩ませている金縛りに似た現象は嘘のようにさっぱりと消えるでしょう。いや、消えます。試させてください」

　言っている内容はまったく非科学的だが、口調にも態度にも自信が満ちているので、理屈抜きの説得力を感じてしまう。濱地という男、ペテン師だとしたら相当に腕が立つ。

「……どうしたものでしょうね」

　亘輝は腕組みをして唸った。心霊探偵が何をしようとしているのか興味が湧いたが、オカルト紛いのことをあっさり受け容れるのは気が進まない。

「先生、もう判ったんですか？」

助手が探偵に小声で訊いた。打ち合わせどおりの下手な芝居をしているようには見えない。

「志摩君は感じないかな？」

「正直に言うと――はい。気になっているものはあるんですけれど」

「何だい？」

志摩ユリエは上体を捻って斜め後ろを向き、ある品を指差した。

「あれって船箪笥ですよね。浮力があるので、船が難破しても捉まっていたら海に浮いていられる箪笥」

思わず「ほお、よく知っていますね」と言った。

「佐渡島に旅行した時、博物館で観たんです。あれに抱きついて漂流したらどんな感じだろう、と想像したので覚えていました。未妃さんからお聞きしたところによると、苑田さんの金縛りがひどくなったのは海のイメージが現われてからでしたね。真っ暗な海を漂うような感覚も経験なさっています。このお店に入るなり船箪笥があったので、ぎくっとしました」

その見立ては浅薄だ。亘輝は諭すように言う。

「わたしは船箪笥に取りすがって漂ったりしていませんよ。闇の中で冷たい水らしきものに浸っているだけで、まわりは全然見えていない。海かどうかも判らないんだ」

「あっ、そうなんですか？　波が寄せてくる、という表現をなさっていたとも聞いたんですけれど」

「そんな感じがしたこともありますが、今となってはよく判りません」

「波の音がしたそうですが」

「潮騒に似ていたけれど……どうだったかな」

　昨夜も闇の中に引きずりこまれ、身の毛がよだつ思いをした。その只中で音はしていなかったのだが——無音でありながら波の気配がした気もする。何かが揺蕩っていた。

　戦慄を伴う縛めが解けた後、布団の上で体を起こして自分に言い聞かせようとした。金縛りが激しくなったのは、やはりストレスのせいだ。コロナ禍に動じないでいるつもりだが、無意識のうちに恐れているのではないか。感染拡大の第二波、第三波といった言葉をニュースで見たり聞いたりしていることが影響して、波のイメージに苛まれているのかもしれない、と。

　残念ながら、こじつけとしても無理がありすぎて、自分でも納得しかねた。金縛りに意味を探っても仕方がないのだろう。

　助手は、また振り返って船箪笥を見やる。

「だけど、どうも気になるんです、あれが。――先生はどう思いますか？」

彼女はさっきから上司を「先生」と呼んでいる。政治家や弁護士だけでなく、探偵のボスも先生なのか、と亘輝はどうでもいいことを思った。

濱地は助手にも穏やかに答える。

「見立て違いだね。あれじゃない。きみは船簞笥というものをたまたま知っていたので、空想が自由に広がりすぎたらしい。――苑田さん、あの簞笥はいつからここにあるんですか？」

「かれこれ五年ほどですか。数寄者のコレクターから買い入れた品です。ご興味を示した方は何人かいますが、安いものではありませんから、まだ店先を飾っています」

濱地は頷き、助手に顔を向けた。

「不正解だ。船簞笥は忘れよう。他に気になった品はないかな？」

「先生は……あるんですか？」

亘輝は文句をつけたくなった。自分が何かに祟られているように決めつけられた上、商品にまでケチをつけられては面白くない。だが、濱地が先に口を開いた。

「ご主人。あなたはご自分がどんな目に遭っているのか理解していない。わたしがご説明しましょう。とことん常識はずれな与太話に聞こえるかもしれませんが、わたしが正しいことは結果で証明します」

この二人を店の中に迎え入れてしまったのだ。とりあえず聞かせてもらうことにした。

「カンナギ開発がこちらの土地を執拗に欲しがっているそうですね。その理由が何なのか、わたしには見当がつきます。あの会社のオーナー社長は、ある種の占いを経営の拠り所としているんです。我流の風水を発展させた珍妙な占いで、特に方位にこだわる。彼にとって、こちらは霊的な見地からどうしても手に入れたい最上級の物件なのでしょう」

いきなり突飛な話になった。

「まさかそんな理由だとは。わたしに思いつくわけがない。しかし、それは濱地さんの想像ですね？」

「根拠のある推測です。わたしは、過去にその社長が特異な経営方針から起こしたトラブルを解決したことがあるんですよ。だから知っている。あれはなかなかの奇人だ」

濱地の話を鵜呑みにするのはためらわれるが、続きを聞くことにする。

「ひどくワンマンな社長だから、その命令とあれば部下は理不尽なものであっても従わざるを得ない。ご主人にとってはまことに迷惑千万な話です。彼らはそれなりの条件を提示したそうですが、いくら粘り強く交渉しても所有者に売却の意思がなければお手上げだ。正攻法では手詰まりとなって、非常手段に訴えたんですよ」

それは何だ、と前のめりになったところで、探偵は人差し指を立てる。

「その手段についてお話しする前に、一つ確認していただきたいことがあります。——志摩君、絵を」

助手は「はい」と応え、携えてきていたトートバッグから何やら取り出す。スケッチブックだった。

「この女性に見覚えはありませんか？」

彼女が開いて見せたのは、鉛筆で描かれた女性の顔。四、五十代だろうか。マスクをした女としていない女。いや、同一人物らしい。ご丁寧にマスクをした顔としていない顔を並べて描いてあるのだ。

「目元に特徴がある女性です。いかがでしょう？　志摩君は似顔絵の達人なんです。この絵も本人の個性をよく捉えて、うまく描けていると思うのですが」

濱地に促されて熟視した。知り合いではないが、最近どこかで会った気がする。出歩く機会がめっきり減っているから、対面した人間はいたって少ない。記憶のページをめくっていくと、すぐに答えが見つかった。

「お客さんの中に、この絵とよく似た人がいらっしゃいます。常連さんではなく、通りすがりに二度ばかり来店して、ちょっとした買い物をしてくださいましたよ」

「いつ頃ですか？」

「最初の来店は三週間ほど前。二回目は一週間前」

「半月の間隔を置いて二回か。なるほど。——そのお客さんに変わった様子はありませんでしたか？」

「いいえ、別に。お声を掛けて少し話しました。あの船簞笥のことなどを。いたってありふれた店主とお客さんの会話で、おかしな点はありませんでしたよ」

「ふぅん。ご主人と話して、ちょっとした買い物をしただけですか」

「数千円のものをお買い上げでした」

「商品をいじり、さりげなく場所を変えたりは？」

「いいえ。そんな無作法なお客さんではありません。通りすがりにうちに入ってきたんですから、ただの古道具好きでしょう。店の空気を吸って楽しんでるようでした」

「空気を吸うというと、文字どおり深呼吸をした？」

「やっていましたね。古いものの匂いは嫌う人もいます」スケッチブックの似顔絵を指して「この人はその反対で、お好きなんでしょう」

濱地の質問を遮り、亘輝から尋ねなくてはならないことがあった。

「そんなことよりも、どうしてあのお客さんの似顔絵を事前に用意できたんですか？志摩さんのバッグから急に出てきたのでびっくりしました。手品を見せられているみたいだ」

「不思議ですか？」

「そりゃそうですよ。こういうお客さんがいらしたことを、わたしは娘にも話していない。どことといって変わった様子もないお客さんでしたからね。娘に話していないのだから濱地さんに伝わっているわけがない」

「種明かしをすれば何でもない。わたしはこの女性を知っているんです。一度見掛けただけで、話したことはないのですが」

カンナギ開発の社長と親密そうに話していたという。

「その人は何者なんです？　うちの立ち退き交渉にも関わっているんですか？」

「素性について、まだ確かなことは摑めていません。わざわざ調べてもいないんですが、カンナギ開発の社長と親しいこと以外に、彼女について判っていることが一つあります。某ホテルのティーラウンジで社長と別れた彼女が大通りに出て、歩き去るのを見送っていて気づきました」

人の流れの中で彼女は立ち止まり、顔を上げた。視線の先にあるのは何の変哲もない歩道橋。わざわざ目をやる理由がないように思えたのだが――。

「わたしはホテルのラウンジの窓際の席から見ていたんです。どうして歩道橋が気になるのだろう、と目をやったら、手摺に寄りかかって立っている人がいた。生きていない人間でした。手っ取り早く幽霊と言っておきましょうか」

「……昼日中のことですか？」

「幽霊は夜中に出るわけではなく、いつどこにでも出没します。白昼の街中に現われ、歩道橋の上で佇んでいることもある。その時の状況からして、彼女がそれを目撃したことに疑いはありません。顔を向けた先には、他に注意を惹くようなものはまったくありませんでした」

歩道橋の上にいたのは、ただの人間だったのではないか、などと突っ込んで話の腰を折るのは控えた。

「要するに、こういうことですか。濱地さんには特殊な能力があるから幽霊が視えた。同じものが視えるこの女性にも特殊な能力がある」

「おっしゃるとおりです。わたしは彼女の名前も知らないのですが、霊的な能力の持ち主であることは間違いない。カンナギ開発の社長がその女性と懇意にしているのは、アドバイザーとして協力を得るためでしょう。というのも憶測ですが、お宅にその証拠がある。いくつも、ある」

「女性のアドバイスに従って、わたしに幽霊を嗾けている、とでも？」

薄笑いを浮かべてしまった。気分を害するようでもなく、濱地も目を細めて笑っている。子供じみた冗談に付き合わされていたのか、と馬鹿らしくなり、知らぬ間に声を上げて笑っていた。探偵は笑顔のまま言う。

「正解ですよ、ご主人。あなたのもとには、次々によからぬものが集まってきている。古物商というご商売に付け込んだ怪しからぬ行為で、実に悪辣かつ卑劣です」

濱地はまっすぐ亘輝を見据えている。もう笑みはどこにもなかった。

「よからぬものが集まってきている……。商売に付け込んで……。つまり、わたしが買い入れた品に原因があるということですか？」

「はい。巷間に伝わっている安手の怪談のようでお認めになりにくいでしょうが、作り手やら持ち主やらの念がこもったモノというのは実在し、周囲に影響を及ぼすことがあります。稀にしか存在しないし、その力もたいていはごく小さいのですが、軽く見てはいけない場合もあります。そういったモノが集まると、個々の力が増幅される。漣がぶつかり、大きな波になっていくのと同じです。苑田さんの場合、意識レベルが低下する入眠時に波長が合ってしまうのでしょう」

まさか、と言いかけて口を噤んだ。濱地はものの喩えとして挙げたのだろうが、波という一語にリアリティを感じたからだ。じわじわと押し寄せてきた恐怖にぴたりと合う。あれは、こちらの意識が引き始めた時に満ちてきた。

「目的はご主人の精神を追い込むこと。判断力を低下させて契約を結ばせようとしたんです。それでも首尾よく行かない時は霊能者の女性が舞台に出てきて、除霊の成功報酬に土地の売却を提案してきたかもしれませんよ」

「除霊って……自作自演か」

人を虚仮にするにもほどがある。

「よからぬモノを取り除けば、ご主人はもう苦しむことはなくなる。さっそく取り掛かりましょう。まずは店内に陳列された品から」濱地は席を立つ。「最初は、これ」

探偵が手にしたのは、仕入れて間もない鏡だった。未妃が、はっとした顔になる。

「次に、この置時計。真鍮製のフレームがよい加減に古びていて、味わい深い品ですけれどね。――あれもいけない。とてもよくない。そちらの和額に入った掛け軸」

日向榧製の将棋盤、蓬莱山が描かれた墨絵を指差してから、濱地は助手に問う。

「他にもあるんだが、判るかな？」

志摩は「あれですか？」と真っ赤なケトルを指した。

「おお、ちゃんと見抜けている。そう、あれもここに置いたままにはできない」探偵は亘輝に向き直る。「在庫も見せていただけますか？　放置できないものが奥にあるのを感じます」

言われるまま倉庫にしている部屋に通すと、修理してから店に出すつもりだった熊のぬいぐるみやら卓上用の灯油ランプやら四点を濱地は選んだ。店頭にあったものと合わせると九点。

「驚きました」

またもや手品を見せられた気分だった。濱地が選んだ九つの品には共通点がある。どれもカンナギ開発からの土地購入話が始まってから仕入れたものなのだ。店頭と倉庫を合わせると在庫は優に千点を超すのだから、偶然ではない。

「インターネットを通して仕入れたもの、店頭に持ち込まれたもの。ルートは違っても、これらは彼らがご主人に買い取らせた品々です。そのためのアカウントを作り、人を手配して、売りつけたのですよ。これだけのモノを揃えるのは簡単ではない。似顔絵の女性がコーディネイトしたと思われます。この店にやってきたのは、自分の工作がどの程度の効果を発揮しているかチェックするためでしょう。彼女は、古いものの匂いが好きで深呼吸していたわけではありません。自分が狙ったとおりの状態になっているかどうか、波長を調べていたのですよ」

邪気がどれだけ溜まってきているのかを調べて、どんな品を追加で送りつければよいかを確かめにきていたのか。亘輝は唖然とするしかなかった。

「最近、ご商売は順調でいらしたそうですね。多分、それも彼らの仕業ですよ。売り上げが振るわないと資金が減り、ご主人が買い取りを渋りかねませんからね」

敵の掌の上で転がされていたと思うと業腹で、「畜生!」と声に出していた。

「腹が立つのも当然です」濱地は言う。「お怒りになるのは、少し元気が戻ったからですよ。この品々を彼らのところへ送りつけてやるのも一興ですが、またよそで悪さに使われるのもよろしくない。わたしがひとまずお預かりしましょう。そのために車できました」

「これらを一度に運んで大丈夫なんですか？」

亘輝の後ろから様子を見ていた未妃が訊く。濱地と志摩の車が事故にでも遭わないか案じているのだ。

「これしきの力なら滅失させられます。餅は餅屋ということで、お任せを。無害にしてからご返却することもできますが、あまりお勧めしません。ご主人の目に触れるだけでフラッシュバックが起きるかもしれませんから」

濱地は段取りを考えてきていた。よからぬ力を有するとはいえ、それらは商品であり、亘輝の財産だから処分するにも彼の納得と了解が要る。そこで、該当する九つの品を排除したことで異様な金縛りが起きなくなったのを確かめてもらってから、しかるべき方法で始末するという。亘輝に異論はなかった。

今後、カンナギ開発にどう対応するかについても探偵は助言を授けてくれる。

「彼らが送り込んだ品が店頭からなくなっていれば、ご主人を精神的にまいらせて土地の売却に持ち込む作戦が失敗したことを知るでしょう。それでも手を引かず、新たな非常手段に出てくるとは考えにくいんですが、その可能性を潰すために脅してやってください。しつこくすると、あんたらの贈り物が力の向きを変えて、社長が困ったことになるぞ、とでも言えばいい。あなたの後ろには、より強力な霊能力者がいると知って、諦めるはずです。『あんたら、同じ手口はよそでも使えなくなった。下手なことをしていると、自分が呪われるぞ』などと言ってやるのもいいかな。万が一、またおかしなことが起きたら、わたしが対処します」

まだ何も確かめていない。今夜の様子によって判断するべきところだが、亘輝は目の前の霧が晴れたような気がしていた。信じがたい話なのに、ひどく混乱していた事態がきれいに片づいた感触がある。

「災難でしたね。でも、終わりましたよ。今夜、判るはずです」

志摩が言うと、亘輝より先に未妃が頭を下げた。もう解決した、と直感しているようだ。

「ありがとうございます。本当に父にとって災難でした」

濱地は硬い声になって言う。

「災難と言うと風呂場で滑って転んだみたいですが、そうではありません。これは明らかに犯罪です。極めて特異な犯罪。ですが、法律は呪いだの祟りだのを認めていませんから、刑事罰には問えないのがもどかしい。こんな邪(よこしま)なことを思いつく人間が、いつか痛い目に遭うのを望みます。火遊びをしていて火傷(やけど)する子供のようにね」

苑田父娘(おやこ)が手伝おうとするのを断わり、探偵と助手は二人だけで荷物を車へと運んだ。

三日後。

未妃が実家を訪ねると、〈雑宝堂〉は何事もなかったかのように営業中で、亘輝はレジカウンター内でせっせと絵皿を拭いていた。予告抜きの娘の訪問に、「おう」と軽く驚いた顔をする。

「もう大丈夫だって電話で言っただろう。何回もこなくていいよ。ガソリン代だって馬鹿にならない」

声に張りが戻っていた。血色もいい。電話だけでは安心できなかった。

「すぐ帰る。ついでに寄っただけ」

「嘘つけ。何のついでだ。——濱地さんも電話をくれたよ。昨日も一昨日も。何事もなく夜はぐっすり眠れている、と答えた。例のやばいモノは処分してもらうことにした。寺で供養してから焚き上げるのかな。説明が面倒なのか、くわしいことは教えてくれなかった」

「そう」

作業の手を止めて言う。

「冷たいお茶がいいか？　おれは熱いコーヒーを淹れようかと思っていたんだが」

「コーヒーを飲んだら帰る。わたしが……いや、たまにはお父さんに淹れてもらおうかな。ホットでいい」

お客がやってくる気配もない店先でコーヒーを飲んだ。カップは質感が気に入って、亘輝が売り物にしなかった益子焼で、厚手なので重い。

「よくがんばったね」

娘の言葉に、父は頷かない。

「濱地さんが最後に言っていたな。よからぬ力もあれば、それを打ち消す力もあるらしい」

「言ってたね。わたしもお父さんと同じことを考えてる。ぎりぎりのところでお母さんが悪い力を防いでくれたんだろうな、と思う」

短い会話で充分だった。二人は黙ってコーヒーを味わっていたが、亘輝が思い出したように言う。

「濱地さんと電話で話して、請求書はこっちに送ってもらうことにしたからな。あの人、『謝礼は無用です』なんて言うから慌てたよ。それじゃこっちの気が済まないからな」

「どうして謝礼を断わろうとしたんだろう？　完璧に依頼に応えてくれたのに」

「『悪徳業者とグルで、この謝礼が目的だったと思われたくないので』と言っていた。

『そんな回りくどい詐欺があるわけないでしょう』と笑ったら、『今回の一件でお判りになったでしょう。世の中には奇妙な犯罪もあるんです』だとさ。面白い人だな。最後には請求してもらうことになった。——ありがとうな。助かった」

父は家族に対して感謝を口にするのを苦手にしていた。礼を言うのは珍しい。

「わたしは濱地さんに相談の電話をしただけ。あんなものが出てくるなんて、古道具屋をやっていたおかげよね」

「あんなものがな」

注文に応じて発送しようとしていた状差しの隙間に、紙切れが一枚挟まっていた。何かと取ってみれば名刺だ。心霊探偵・濱地健三郎とあり、事務所の住所と電話番号——ふざけた語呂合わせになっている——も記されていた。ドラマや芝居の小道具か、さもなくば冗談グッズだろう、と思いつつも気になり、カウンターに置いたまま忘れていた。

それを未妃が目に留め、藁にもすがる思いで電話をしたおかげで救われた。不運も幸運も、どこに潜んでいるか判ったものではない。

カンナギ開発に対して濱地のアドバイスに沿った脅しをぶつけたところ、昨日になって「残念です」と言ってきた。計画を断念させることに成功したようだ。

「『事情を知ったらうちの先生が怒ってた。あんたら気をつけろよ』と言ったのが効いたらしい。はは、『うちの先生』っていうのがなんか恐ろしげだろ。女霊能者と相談して、何だかよく判らないが面倒なことになりそうだ、と思ったかもしれない。呪いのアドバイザーか。世の中には奇妙な犯罪の手助けをする奇妙な仕事があるもんだ」

「もう悪さをやめてくれたらいいけど……よそで同じことをやるかも」

「相手が古道具屋でないとできないぞ」

「よくない力を利用した別の手口を考えたりしそう」

娘の懸念を父は打ち消す。

「もしそんなことになったら、濱地さんが奇妙な方法で知って駆けつけるんじゃないのかな。あの人の名刺がどこかからひょっこり出てきたりして、困っている人間が助けを求めるとか。――そう思わないか?」

未妃は頷き、「おいしかった」とカップを静かに置いた。

どこから

ステンレス製の焚火台の炎が揺らぎ、薪が爆ぜた。

火の粉がぱっと舞って風下にいるユリエの方に飛んできたが、上体を反らしてよけるほどのことではない。

「志摩君、場所を替わろうか？　煙がそっちに流れている」

濱地健三郎が気遣ってくれる。替わってもらわずとも、煙たかったら自分が座っている場所を少しずらせば済むし、風向きは頻繁に変わる。「大丈夫です」と応えて、炎を見つめる。

「焚火って、本当に見ていて飽きませんね。中学時代に家族でキャンプをしたことが一度だけあるけれど、こういうのは経験しなかったんです。まさか先生とキャンプファイアーをするとは思ってもみませんでした」

「われわれの遠い先祖もこうやって火と向き合い、刻々と形を変える火に見入ったりしたんだろうな。何万年もの昔に思いを馳せたくなる」

「そのご先祖は、こんなおいしいコーヒーは知りませんでしたけれど」

アルミのマグカップを傾け、ユリエは今夜二杯目のコーヒーを飲む。眠気を払うために濃くしてあった。

まだ十時を回ったところで、睡魔に襲われる時間ではないが、キャンプ場内は静まり返っている。消灯時間は十時と定められており、それを過ぎると薪割りなど大きな音を立ててはならない。

みんながテントに入って寝てしまったわけではなく、遠くの二箇所で焚火が燃えていた。炎が作るシルエットからすると、どちらもソロキャンプをしているらしい。一人は星空を見上げているようだった。

「単身でキャンプというのも楽しそうですね。このところ流行っているのが判ります」

年齢を明かさないボスは、オールバックの髪を撫で上げて頷く。そのしぐさには気取った感じがまるでないのに、相変わらず様になっていた。

「だけど、今やっているのもソロキャンプじゃないか。こうして同じ火を囲んではいるけれど、きみとわたしは別々のテントで寝るんだから」

ふだんは仕立てのいいスーツで身を固めている濱地だが、まさかキャンプ場でそのスタイルを貫くわけにはいかない。今日は無地の白いTシャツの上に黒っぽいフィッシングベストを着て、ボトムスはカーキ色のチノパン。ローカットのキャンプシューズで足元にも隙がない。

秩父の山懐に抱かれたキャンプ場へと向かう前、南新宿の事務所でこのいでたちのボスと対面した時は、声を上げそうになった。手持ちの服から着て行けそうなものを掻き集めたそうだが、よく揃えられたものだ。

思春期の男の子が夏祭りに行き、クラスメイトの女の子の浴衣姿を見掛けて、はっとする。それがどんな感じなのか判った気がした。

ユリエ自身はというと、虫に刺されないことだけに留意した長袖のロングTシャツとデニムパンツに、履き慣れたふだんのスニーカー。レジャーでキャンプに行くのではないから、すべて有り合わせのものだった。

二人がいるのは濱地のテントの前で、ユリエが一夜を過ごすのは五メートルばかり離れて立ったテントである。ボスは、バンガローのベッドで寝るように勧めてくれたが、それでは肝心な場面で助手の役目が果たせない。ぜひにと頼んで隣のテントを用意してもらった。

「独りでやってきて、誰とも接触せずに非日常的な時間を味わうのがソロキャンプですよ。これは違います」

「まぁね。しかし……ソロもいいだろうけれど、志摩君が望んでいるのは彼氏とのキャンプじゃないのかな。仕事で上司と一緒ではつまらないだろう」

彼氏——すでに濱地はよく知っている——との関係は、二人で泊まりがけのキャンプにくるまでには進展しておらず、そもそも客観的に彼氏と呼ぶのが妥当かどうかも疑わしい。親密の度は次第に深まっているのだが、その進み方がやけに遅いのだ。少し焦(じ)れて見せようか、と思うのはやめにした。お互いに自然なペースで歩み寄っていけばいい。

「今も楽しんでいますよ。仕事中なのは忘れずに」

忘れるほど迂闊(うかつ)ではないし、それほど豪胆でもない。ユリエが心霊探偵であるボスとともにここを訪れたのは、怪奇現象の解明とその除去のためなのだから。しかも、その現象がいかなるものかが極めて曖昧(あいまい)だった。

依頼してきたのは、このキャンプ場のオーナー。夏前になって、「おかしなものの気配がする」「ここには何かいるみたいだ」という声が複数の利用者から寄せられていたのだそうだ。そんな問い合わせとも苦情ともつかぬことを言われても、具体的な被害が発生していないのだから対処のしようがない。

日中に面談した際、口髭(くちひげ)を生やしたオーナーは盛んにこぼしていた。

——変な言い掛かりをつけられた気がして困惑したし、腹立たしくも感じました。新型コロナの影響で色んなレジャーができなくなっていた中で、キャンプが人気を集めだしています。感染の危険がある人混みを離れ、大自然を満喫して、皆さんに大いにリフレッシュしてもらいたい。そう考え、きめ細かく準備をして夏のハイシーズンを迎えようとしていたのに、おかしな風評を流されたらたまったものではありません。近頃はSNSだかソーシャルメディアだかいうのが発達していますから、妙な話が拡散しやすくて困ります。

とはいえ、何人もの利用者が共謀して悪戯を企み、根も葉もない噂を広めようとしているとも考えにくく、不審者がキャンプ場内に立ち入って徘徊しているのかもしれない。ならば、と場内の見回りを行なったが、そのような形跡はなかった。にも拘らず、七月になっても八月に入っても「何かいる」という利用者が現われる。

——夜中にテントのまわりを人が歩き回る気配がするのに、外を覗いてみたら誰もいない。

——何かがテントの上にのしかかっているような感じがして眠れなかった。

——時折、冷気が通り過ぎる。夫は何も感じなかったらしいけれど、「怖い」と子供も怯えていた。あれは何なの？

このキャンプ場がオープンしたのは五年前で、そのような意味不明の訴えを聞くようになったのは今年の六月になってからだ。恐れていた悪い噂はまだネット上に書き込まれていないようだが、オーナーとしては気が気でなかった。

——「お化けが出るスペシャル納涼キャンプ場として売り出せばいいだろう」なん

て気楽なことを言う友人がいたので、喧嘩になりかけましたよ。冗談じゃない。こっちは生活が懸かっているんですからね。ここ二ヵ月ほどは、ネットを調べるのが日課になって戦々恐々としています。

　お盆を十日後に控えた日のこと。朝一番に中年の女性客が管理人室にやってきた。深刻そうな顔をしていたので嫌な予感を覚えたら、案の定だ。「ここにはよくないものがいるらしい」と言われた。

——上品で真面目そうな人だったんです。大学で経済学を教えている、と言っていました。名刺をいただいたら、肩書は教授。話し方はいたって丁寧。「こんなことを言われて、さぞご不快だとは思いますが」という調子で、こちらの気持ちにも配慮をしてくれていましたね。

　先方の穏やかな物腰と真摯な態度から、オーナーも真剣に耳を傾けた。——何かは知らないがよくないものの存在を感知した。差し迫った身の危険はないとしても、とてもではないが安眠はできないキャンプ場だ。これまでにも同様のことを言う利用者がいたのではないか、と問われて、オーナーは「いなくはありません」と事情を明かした。

——そうしたら、「やはり」と言い、教えてくれたんですよ。「心霊現象を伴う問題を専門に扱い、調査から解決まで請け負ってくれる私立探偵がいるんです。事務所は東京ですが、日本中どこにでも出向いてくれると聞きました。この件について誰かに相談を求めたくなったら、その人に連絡を取ることをお勧めします」と。

教授が教えてくれたのは、濱地健三郎の名前と事務所の電話番号だけ。彼女が持ち合わせていた探偵に関する情報はそれだけだった。

――その先生と親しい人が濱地さんのお世話になったことがあったそうです。いきさつを聞いた際に、電話番号が印象に残って覚えていたのだとか。

教授に心霊探偵のことを話したのが誰かは、濱地にもユリエにも見当がつかない。ともあれ、電話番号は正しく伝達された。オーナーを悩ませているものが何かはまだ判らないが、濱地が扱うべき案件であるのは間違いなさそうだ。

オーナーが電話をしてきたのが二日前。探偵と助手は手掛けていた都内での仕事を片づけてから、今日の午後にキャンプ場にやってきた。まずは管理人室でオーナーからくわしい話を聞いた。おかしいものが現われるのは夕刻になってから、主に夜更けらしいので、テントで泊まる用意をした上での現地入りだった。

事前に打ち合わせてあったとおりオーナーの方でも濱地のためのテントは整えてあり、ユリエのためのものも希望したら追加してもらえた。二人は西の山並みに日が落ちる前に場内を見て回り、暮色が深まってからはずっとテント付近に陣取っている。夕食はオーナーが提供してくれた焼肉弁当だった。

「手分けして巡回をしなくていいんですか？　場内は広いですよ。相手はどこからくるのか判りません」

「出ればここらに座っていても察知できるだろう」

弁当を食べながら、そんなやりとりがあった。

夜の闇があたりを支配するようになってから、キャンプ場は賑やかさを増した。家族連れも、友人たちとのグループも、カップルも、テント前での夜の団欒を楽しみにきているせいだ。談笑の声があちらこちらから聞こえてきて、このまま何も起こらなければいいのに、とユリエは思った。それでは仕事が進められないのだが。

九時を過ぎても何も起きない。平穏なのはいいとして、「乾杯！」の掛け声がいささか気になった。声の方を見やると、若い男女五人のグループが盛り上がっている。

「屋外とはいえ、大丈夫かな。夏休みに入って人が動くようになったせいか、コロナ陽性の人がまた増えてきているみたいですけれど」

「解放感で気分が高揚するのは判る。我慢が続いていて、いつ終わるのかも見えていないからね」

二人は、これまた髭のオーナーが差し入れてくれたジュースを飲みながら静かに話した。オーナーは、濱地の電話での応対が頼もしかったことに加え、先ほど本人と対面してみて、すっかり信頼してくれたようだった。「まずは原因だけでも突き止めてください」と懇願されたが、できることなら今夜のうちに片をつけてしまいたい、と探偵は考えているようだ。

十時頃に焚火を熾した。蚊が嫌う波長の光を放つLEDランタンもオーナーに借りたもので、大いに効果を発揮してくれる。

炎を挟んで、ユリエは様々なことをボスに話しかけた。日常を離れた時間と空間の中、濱地とゆっくり話すのが楽しかったからだ。

「コロナウイルスを目に見えるようにする方法って、ないんでしょうか？　ここにいる、と判ったらだいぶ苦労が省けるのに」

「あれば苦労はないね」

「まるで質の悪い透明の怪物みたい。どこからか湧いてくる嫌な奴。どんな幽霊でも視える先生なら、それも視えたりしないんですか？」

助手を務めるようになってから、ユリエにも超常的なものを視る能力が芽生えたが、ボスとは比較にならないほど非力なのを自覚している。

「無茶なことを言わないでくれ。それに、わたしがどんな幽霊でも視えているとは限らない。きみよりはよく視える、というだけかもしれない」

「先生にも視えないものがいるとは考えたくないです。絶対にいないとは断言できないんですか……」

以前から気になっていたことを訊いたりもした。

「亡くなった人がこの世に強い想いを残していると、それが色んな形を取ることがある。心霊現象って、そういうことですよね。怒りや憎しみや無念が、よくないことを引き起こす。先生のところで働きだしてから、何度も目撃しました。だけど、強い想いというのは悪いものだけではありませんよね。こちらの世界に残していく人への愛情や心配だって、同じぐらい強いものがあるはず。そういうものが、愛する人を守るという現象をわたしは見ていません。トラブルと違って、先生のところに相談が持ち込まれないからですか?」

悪霊が存在するのであれば、守護霊がいてもおかしくはない。むしろ均衡が取れていて自然にも思える。

「初めてだね、そんな質問を受けたのは。——正直に答えよう。愛する人を守ろうとする霊的なものを、わたしは視たことがない。失望や絶望はしなくていいよ。きみが言ったとおり、それらは解決すべき厄介事ではないから探偵への依頼にならず、わたしにたどり着かないだけとも考えられる。あるいは、よくないものとは違い、そっと対象に寄り添っているのかも……」

ボスにしては珍しく語尾がぼやけた。何ですか、とユリエは目顔で尋ねる。

「……ふと思い出した。『自分には素晴らしい守護霊が付いている。だからこんなに成功している』と得意げに語った人と会ったことがある。それなりの会社の経営者だった。当人は両肩を指して『背中から抱きついてくれている。決して離れない』と言っていたけれど、わたしには何も視えなかった。守護霊というのを視る能力は自分にないのだな、と思ったんだが、別れた数日後にその人の訃報を聞いた。酔って駅のホームから転落したんだ。超越的な存在に特権的に守られている、という錯覚はあるらしい」

幸せな錯覚と呼んでよいのか？　慢心や油断につながりそうだから、そんな勘違いは幸せなものでもないな、とユリエは思った。

離れたところで見えていた火が消えているのに気づく。探偵と助手の間の焚火も、薪が残り少なくなっていた。

「火が消えて、薪が完全に灰になるのを確認したらテントに引き上げようか。わたしたちが外に出ていたら、客人は顔が出しにくいかもしれない」

「そうですね」

ボスとの話は尽きなかったが、怪しいものが静けさの奥から出没の機会を窺っているのであれば、いったん寝袋に入った方がよい。やがて火が消えた。

砂を撒いたように星が散った夜空を仰いでから、ユリエは「ちゃんと寝ずに起きていますから」と断わり、テントに入った。仕事だからというよりも、何が起きるか判らず、心穏やかに眠れそうにない。現われるのはそう危険なものではなさそうであったが。

二人用のドームテントを一人で使うので、空間には余裕がたっぷりだ。メッシュ扉をファスナーで閉めると、爽快なまでに解放感があった。服は着替えないまま、とりあえず寝袋にくるまる。

黄色いテントの天井を見上げながら、風が木々の枝を揺する音だけをしばらく聞いていた。炎と同じで、これも飽きることがない。日々の暮らしでは気にも留めない何でもないものが、豊かさに満ちているのを感じた。心が自然と同調しているのが心地よい。

どれほどの時間、そうしていただろうか。時間の観念が失われ、なお葉擦れの音に聞き入っていた時、邪念が消えて白紙のようになっていた意識に、黒い染みのごときものが現われた。ぽとりと音がするほど、はっきりと、突然に。肌が粟立つのを感じた。

——きたんだ。

ユリエは神経を鋭敏にしたまま様子を見る。釣り針に魚が掛かったら、しっかりと食いつくまで竿を引かない方がいい。

自分に感知できたのだから、濱地も身構えているはずだ。特に指示は受けていなかったが、ボスの出方を見てから動くことにする。

何かの気配だけが近づいてくる。大きさも形も判らない何か。さして恐ろしくはない。濱地の傍らにいるうちに、これしきの妖気(ようき)には慣れた。彼とともにいる安心感もある。むしろ気掛かりなのは、このものへの対応を誤って、ボスの足を引っ張ってしまうことだ。

それはユリエのテントの間近にやってきて、しばし止まった。何者かがぼんやり佇(たたず)んでいる情景が思い浮かぶが、外にいるのは人間ではない。近づくまで足音がまったくしなかった。

何とも知れないものは、テントの周囲を回りだし、一分ほどかけて二周した。獲物の臭いを嗅(か)ぎつけた猛獣のような動きだが、殺気は漂ってこない。とはいえ友好的な存在とも思えなかったし、いつ様子が変化するか判らないので、ゆるゆると寝袋から出かけた。そのものがどんな姿形をしているのかを確かめたい。

隣のテントの扉布がバサリと開く音がした。濱地が先に外に出たのだ。後れを取ってはならない、と焦ってしまったせいで、ユリエはうまく寝袋から抜け出せない。自分でも腹立たしいほど手間取ってから、ようやくテントを飛び出す。

濱地は何かと対峙(たいじ)していた。かろうじて人間の輪郭をしていると判る影。地面から影が起き上がりでもしたのか、探偵と至近距離で向き合っている。影であるはずがないのに〈影〉としか表現できない何かは、ゆらゆらと小刻みに揺らいでいた。

周辺のテントで寝入っている人の耳があるため、声を発するのはためらわれる。騒ぎになったら依頼人に迷惑が及ぶし、迂闊なことをして濱地の邪魔をしてはいけない。手助けが必要であれば、ボスの方から何か命じるだろう。

暗がりの中で横顔しか見えていないが、濱地はいつも事に当たる時と変わらず無表情だ。眼光鋭く相手をにらみつけてもいない。

「じきに済むよ、志摩君」

落ち着いた声が言う。

「わたしは何を――」

指示を仰ぎかけたら、彼は首を横に振る。手出しは無用らしい。

〈影〉の揺らぎが激しくなり、輪郭がぼやけ始めた。もはや〈影〉とも呼べなくなり、それが立っている向こうの暗い森が透けて見えている。影に似たものは、今や何もない空間に生じた歪(ゆが)みにすぎない。

濱地が仕事を終えるまで、おそらくは三分も掛からなかっただろう。たかだか三分足らずではあったが、その場に張り詰めた緊張感は尋常ではなく、濱地が「完了」と言うなり、ユリエはしゃがみ込みそうになった。

――消えた。もう何もいない。

安堵（あんど）しながらも役に立てなかったのを残念がる彼女を、「お疲れさま」とボスは労（ねぎら）う。

「お疲れさまも何も……先生がんばれ、と声援を送ることさえしていないんですけれど」

「どんなに質のよくないのが出てくるかしれなかったので、きみがいてくれて心強かった。今回、わたしだけで対処できたのはたまたまでしかない」

気持ちが楽になる言葉がもらえた。いいボスを持てた幸運に、あらためて感謝する。

「にやりと笑ったね。社交辞令で言ったんではないよ」

「安心しただけです。にやりなんて、そんな変な顔をしましたか、わたし？」

声が高くなってしまい、両掌（りょうて）で口元を覆った。濱地は溜（た）め息をついて、焚火台の前の折り畳み椅子に腰を落とした。怪異を払うため、彼がどれだけの精神力を費やしたのかは、ユリエには計り知れない。

「ほっとしたところで真夜中のコーヒー、いかがですか？」

即座に「いいね」が返ってきた。

あの〈影〉は何だったのか？

それは濱地にも見極められていなかった。ともかく任務が完遂できたので、コーヒーを飲んだ後は心安らかに眠り、翌朝早くオーナーに報告した。喜ばれたのは言うまでもない。

「で、どういう種類の霊だったんですか？」

訊かれて、「さあ、それが」と探偵は頭を掻いた。依頼された問題を解決できたことに満足しながらも、彼自身がそれを気にしていた。原因が判然としなければ同じ現象が繰り返される懸念があるし、探偵として謎を残したくなかったのである。

「摑みどころがありませんでした。ただ、怨霊や悪霊のたぐいとは思えない。このキャンプ場にまつわる因縁めいたものはない、と伺っていますが、実のところどうなんですか？」

反問されたオーナーは心外そうだった。

「嘘なんかついていません。ここらは過去に恐ろしい事件や事故があった土地ではないし、怪しい伝説や伝承とも無縁です。そんなものが原因だとしたら、今年の六月まで何もなかったんですから理屈に合わないでしょう」

「おっしゃるとおり。そこが肝です。六月に入る前に、キャンプ場内で何かあったのでは？」

「ありません。緊急事態宣言が出ている間は休業していましたし、宣言が解除されてからもステイホームの余波で閑古鳥が鳴いていただけです」

退屈しすぎて死んだ閑古鳥の霊というわけはないものね、とユリエは思ったが、もちろん口には出さない。

濱地は黙り、しばらく顎に手をやって考え込んでいた。やがて発した問いは――。

「この近くに、いわゆる心霊スポットはありませんか？　ほら、よくテレビやら雑誌やらネットやらで評判になる場所があるでしょう。幽霊が出る呪いのトンネルやら廃墟やら」

「ここから遠くないところに、それっぽいのがなくはないですよ」

キャンプ場の北西方向に町道を上っていくと、十年前に廃業した小さなホテルがあり、廃墟化していた。かねて幽霊が出るという噂が流れているという。

「ありがちな話ですよ。過去にそのホテルで陰惨な事件や事故があったわけでもない。建物も内装もサービスも中途半端なホテルが、下手な経営で潰れただけです。立地にも無理があったな」

「夜な夜な幽霊がうろつくとか？」

「うろつくんでしょうね。真面目に聞いたことがないので、くわしいことは知りません。とにかく、夜になったらお化けが出ると騒いで喜ぶ幼稚な連中がいるらしいですよ」

オーナーはその程度の情報しか持っていなかった。依頼人としてはキャンプ場の怪異が消えたら文句はないようで、本当におかしなものはいなくなったのかについては念を押してくる。

もしも利用者からまた苦情が出るようであれば——まずないだろうが——アフターケアをする旨、濱地は約束をした。謝礼の支払いについても、好ましからぬ事態が終息したのを確認してからでかまわない、とも。一週間後に判断してもらうことになり、探偵と助手はキャンプ場を後にした。

そのまま東京に引き返しはしない。レンタカーの運転席に着いた濱地は、廃ホテルに立ち寄ろうとする。

「行って何を調べるんですか？」

「心霊スポットと称されるところには、ほとんど行ったことがない。近くにあるのなら後学のために訪ねてみようと思ったまでだよ」

「言われてみれば……うちの事務所に持ち込まれる相談や依頼で、呪いのトンネルや廃墟に出向いたことはないですね」

「皆無ではなく、きみがくる前にそういう場所が絡む案件がいくつかあったよ。しかし、どれも霊的なものとは関係がなかった。怯えた依頼人の錯覚だったり、つまらない悪戯だったり」

「そういうものなんですか。マニアが聞いたらがっかりしそう」

「もちろん、心霊スポットと呼ばれるものの中に本物も交じっているだろうな、と思ってもいる。わたしがお目に掛かっていないだけで」

盛夏の緑が車窓を流れ、車は五分も経たないうちに目的地に着く。三階建ての廃ホテルは、打ち棄てられてから十年の間に憐れなぐらい荒れていた。エントランスに続く小径には雑草が繁茂し、いたるところで窓ガラスが割れている。もとはクリーム色に塗装されていたらしいコンクリートの外壁は風雨ですっかり汚れ、細かな亀裂も目立つ。

「所有者の許可なく立ち入るのは駄目ですよね」

「法律上はね」

外見も中身も紳士であるが、ボスは目的を果たすため時々やんちゃ坊主になる。際どいことをする場合はユリエを巻き込まないようにしてくれるので、車で待っているように言われるのかと思ったら、今回は違った。

「余所者が道に迷って、ふらふらと敷地内に入ってしまうこともあるだろう」

「ですよね」と応えて、二人でエントランスに進む。正面に〈ホテル　グリーンピーク〉とあった。

正面玄関はしっかりと施錠されていたので右手に回ってみると、かつて庭園だったらしき草茫々の空間があり、そこに面するテラスのフランス窓が大きく破損していた。

心霊スポットの探索にくる者たちが建物に出入りするのにお誂え向きだ。

日中ならば廃墟に侵入して面白がれるとしても、日が落ちて真っ暗になってから忍び込むのはよほどスリルを愛する者だろう。幽霊への関心で引き寄せられるだけでなく、建造物侵入という軽い罪を犯している意識も快感を誘っているのかもしれない。

中に踏み入ると、テーブルや椅子は撤去されているが明らかにダイニングだ。ガラスの破片が床に散乱しているので、「気をつけて」と濱地が注意を促す。野鳥の声が聞こえるだけで、妖しい気配はどこにもなかった。

「ここもハズレの心霊スポットみたいですね」

ユリエが言うのに、ボスは応えない。慎重に見極めようとしているのか。

彼女はスマートフォンを取り出して、ホテルの名前で検索をかけてみた。心霊スポットのレポートがいくつかヒットした。

『お化けが出ると騒いで喜ぶ連中』、きてますね。幽霊らしきものを視た、という書き込みもあります」

「長い髪を垂らした白い着物の女かな？」

濱地があたりを見回しながら尋ねる。

「いいえ、そこまでベタなのはありません。影みたいなもの……って、昨日のアレのこと？」

「影とは？」

　濱地が興味を示したので、〈影〉に言及している目撃者の書き込みを読み上げた。ある者は、懐中電灯の光が誰もいないはずの空間に影を浮かび上がらせたという。またある者は、探検にきた人数より一つ影が多いことに気づいて悲鳴を上げたという。

「もう一つあります。ランタンの光が照らしていた壁を、すごい速さで何かの影が横切った。――レポーターを怖がらせたのは〈影〉ばかりです」

「ここは〈影〉のお化けが出るので有名だったのかな」

「……そういう感じでもないですね。『子供の霊が出ると聞いたけれど、何も出なかった』なんていうのもありますから。〈影〉を視た人も、『どんな幽霊に会えるか楽しみにしていたら』とか書いていますし」

　それらのレポートはアップされた時期が何年も離れており、他の目撃談を参照しているようでもない。

「結論は下せないな」探偵は呟いた。「この件については憶測することしかできない」

「どんな憶測ですか？」

　窓から斜めに射す陽光を浴びながら、探偵は語る。

「昨日の夜、わたしたちの前に現われたものは人間の形をしてはいたけれど、対話はできなかったから説得して消えてもらったわけではない、かといって、わたしが摩訶不思議な神通力で揉み潰したのでもないんだ。アレは自ら立ち去った。まるで何かを諦めたかのように。わたしの感覚がそう告げているが、確証はない」

「何かを諦めたって……キャンプにきた人を怖がらせるのを断念したということでしょうか？」

「だと思っている。〈影〉は、人を驚かせて遊んでいたんだろう。呪いでも祟りでもない。戯れていたのではないか。死後もしばらくこの世に留まって、生者と接していたがる霊もあるんだよ」

愉快犯のようなもの——いや、犯罪とも言えないか。

「淋しがりの〈影〉は、生前にこのホテルに何らかの縁があった者で、ここに留まっていたのだと推察する。じっとしていれば、たまに幽霊好きの冒険者がやってくる。彼らの相手をするのが楽しかったんだろう」

「だったらここにいればいいのに、どうしてキャンプ場に下りてくるようになったんですか？」

そこが解せなかった。濱地はミステリーに登場する名探偵とは違い、助手の勘の鈍さを嗤ったりはしない。

「疫病のせいだよ。この春以降、人々は新型コロナウイルスを恐れ、政府の勧告に従って家に閉じこもった。第一波が落ち着きだす頃にはステイホームに倦み、息苦しさから逃れるため密集を避けられるところを選んで外出するようになったけれど、では心霊スポットに出掛けよう、とはならなかったんじゃないか。選ばれたのは、死の臭いがしない場所だ。怖がるために〈ホテル　グリーンピーク〉を覗きにくる者は絶え、〈影〉は誰とも会えなくなった。それと時を同じくしてキャンプ場に人が集まりだしたら、どうなる？」

「驚かせる相手を求めて、移動してきたんですか。山に食べ物がなくなって熊が里に下りてくるように」

「最初に言ったとおり憶測だよ。〈影〉はしゃべれなかったし、消えてしまったから、答え合わせをする方法はない」

真相の解明には至らなかったが、探偵の憶測は助手の気持ちをすっきりさせるだけの説得力を持っていた。

「おとなしく消えてくれてよかった」

濱地は、しみじみとした口調になって言う。ああいうものがいつまでもこちらの世界に留まっていると、いつ忌まわしい存在に変異しないとも限らないから、と。

「先生なら、あの〈影〉がここにいた気配を感じますか？」

「無理だね。残像や残り香から突き止められるものじゃない。しかし——ここからきたのだと思う。闇の中から湧いてきたはずもないんだから」

名も知らぬ小鳥が甲高く啼いた。

キャンプ場から帰って一週間が経っても、異状はないとのこと。オーナーが電話で伝えてきた数分後には、濱地探偵事務所の銀行口座にしかるべき謝礼が振り込まれた。

「よーし、これで今月もお給料がもらえますね」

ユリエが叩く軽口に、応接用のソファでコーヒーを飲んでいた濱地が応じる。

「わが社の財務状況はきみが思っている以上に健全だから、大船に乗ったつもりでいればいいよ。いざとなったら幽霊から借金をしてでも志摩君の給与は出す」

「親切に貸し付けてくれる幽霊なんて、いるんですか？」

戯言を交わしていると、濱地の机上の電話が鳴った。近くにいたユリエが出る。

「濱地先生の事務所ですね？　以前にお世話になったことがある者で、野添と申します。またご相談したいことができまして――」

中年の女性らしく、落ち着いた声だった。

「野添様ですね。先生に替わりますので、少々お待ちください」

ユリエが言い終える前に、ボスはマスクを着けながら机の近くまできていた。野添という名前にピンときたらしい。受話器を受け取り、「お久しぶりです」と言う。

濱地の話しぶりからすると、ユリエが助手となるより前に、野添は一度ならず心霊探偵に仕事の依頼をしたことがあるようだ。

「野添さんの見立てはいつも正しく、はずれたことがない。今は手がふさがっていないので、事と次第によってはすぐに駆けつけますよ。今回はどのような？」

　机の脇に立って控えていたユリエだが、依頼人からの電話というのは五分やそこらで終わらない。途中から自分の席に戻り、ボスが命じるかもしれない調べものに対応すべくパソコンの前で待機した。

「――判りました。事態は切迫しているようなので、これから現地に伺います。野添さんもいらっしゃるんですね？　小田急線で乗り換えなしだから、わたしは一時間ほどで着けるでしょう」

　切迫という言葉がユリエの耳に刺さった。ボスが受話器を置くなり、「どこですか？」と行先から尋ねてしまう。

「登戸だよ。行ってみないと何がどうなっているか判らないので、きみも同行してくれ」

　何がどうなっているか判らないのは、いつものことだ。電話してきた女性の素性について、出掛ける準備をしながら濱地が説明してくれる。

　電話してきたのは野添季久子という女性で、三年前までは横浜市内の総合病院で看護師として働いていた。その後、家庭の事情で一時的に職を離れていたが、現在は川崎(さき)市内のクリニックに勤めている。

野添季久子は、心霊現象に関して特殊な反応をした。自身が霊的なものを視ることはできないのだが、その存在を皮膚感覚で知るのだ。

「正確を期して言うなら、感知できることがあるようだ。最初に彼女からの依頼を受けたのは五年近く前。胃潰瘍(いかいよう)で入院した友人が、恢復(かいふく)期に入って譫妄(せんもう)状態に悩まされた。原因がまったく判らず、担当医師は首を捻(ひね)るばかりだったが、彼女は感じ取ったんだよ。この世のものではない何かが禍(わざわい)していることを」

心霊探偵につながる電話番号を耳にしたことがあったので、野添は独断で連絡を取ってきた。濱地は見舞客を装って病室に入り、野添だけが立ち会う中で原因を取り除く。霊的な能力を欠いた彼女には何が行なわれたのか理解できなかっただろうが、友人がたちまち元気を取り戻したことに驚きながら大喜びした。

「おかげでわたしは、野添さんから絶大な信頼を得た。心霊探偵と政治家は結果がすべて、というわけだよ。それがきっかけで、彼女は霊的なものを感じたら相談してくるようになった。横浜の病院にいた頃に三回。どれも心霊現象としては大したものではなかったが、わたしが措置をしなければ患者の生命が危なかったから、彼女の功績は素晴らしい。医師や同僚は気づいていないけれどね。陰のヒーロー、いや、ヒロインというわけだ。そんな彼女から、久しぶりにＳＯＳが発信された」

南新宿の事務所を出て、午後二時の強い日差しの中を小田急・新宿駅に向かいながらユリエは訊く。

「現在も看護師さんをなさっているんですね。ということは、また患者さんが？」

「高熱にうなされ、しゃべれない状態で苦しんでいるそうだ。原因は不明」

高熱というのが引っ掛かった。

「新型コロナに感染した、というのでもないんですか？」

「当節のことだから、発熱があった時点でまず疑われた。ＰＣＲ検査の結果は陰性で、保健所の指示によって自宅療養をしている。入院しようとしても、コロナ以外の患者にはなかなかベッドを空けてくれないらしい。自宅で寝たきりの患者をケアしているのは、野添さんが勤めている地元のクリニックだ。看護をしているうちに、彼女は久々にあの感触を得た」

「この世のものではない何かが禍している……？」

探偵は頷いた。

「熱は三十九度を超え、解熱剤も効かず、医師は『どういうことだろうな』と繰り返すばかりらしい。何もできないまま、患者の肉体の限界が近づいている、と野添さんは訴えていた」

甲州街道を渡りながら、重ねて訊かずにいられない。

「コロナではないんですね、絶対に？」

「検査結果は陰性だし、症状が合致しない。クリニックの医師はコロナ患者を何人も診てきているので、見立てに間違いはないだろう。それに、患者の日常をよく知る近親者が語ったところによると、患者は感染を非常に恐れていたので、外界との接触を可能な限りなくしていた。『外に一歩も出ず、誰とも会えなかったとしても一年ぐらいは平気だね』と言いながら」

「口でそう言いながら、こっそり外出していたんじゃないのかな。他人に言いにくい内緒の用事で」

「付きっきりでいた人間はいないだろうから、疑えばキリがない。ただ患者は、もともと極端なインドア派ではあったらしい」

「患者さんにご家族は？」

「患者の名前は黒津丈弘といって、三十五歳の男性だ。独り暮らしなんだが、病人を放っておけないので従姉が泊まり込んで看病している。その人がさっき話に出た近親者だよ」

「従姉でしたか。野添さんの依頼でわたしたちが訪ねていって、その人は受け容れてくれるんですか？　呪い師みたいなのはお断わり、と追い払われなければいいんですけれど」

「案ずるのはもっともだけれど、野添さんに抜かりはない」

心霊探偵を招聘することについて、クリニックの医師に打ち明けるのは憚られた。ことのほか胡乱な民間療法など非科学的なものを嫌うドクターらしい。が、幸いにも患者の従姉は非科学的なものに理解があった。趣味のタロットカード占いが高じて、それを本業にしていたのだ。

医師の耳がないところで、野添が言葉を選びながら相談を持ち掛けると、占い師の従姉は「丈弘を救うために何でも試してみてください」と応諾した。ならば、とかけてきたのが先ほどの電話だった。

「わたしたち、お医者さんがいない時を見計らって訪問するんですね？」

「ああ。ドクターと鉢合わせして『あんたら何者だ？』と訊かれたら答えようがない。三時に野添さんだけが患者の様子を見に行くことになっているそうで、絶好のチャンスなんだ。だから急いで事務所を飛び出した」

「今回の依頼人は、その従姉ですね。だけど、野添さんが誰の了解も得ないうちに先生を呼んだ場合は？」

「謝礼を彼女に請求するわけにはいかない。社会奉仕だね」

電車に乗れば、登戸駅までは快速急行で十六分。駅前から乗ったタクシーの車中では、運転手を気味悪がらせるような話はできない。それでもユリエは言葉を選びながらいくつか濱地に質問した。

「これから訪ねるインドア派の人は、どんな仕事をしているんですか？」

「自称・日本中世史研究家。去年の春先まで塾や予備校の講師をしていたんだが、父親が亡くなって多額の遺産を相続し、今はその金で買った大きな家にこもって研究三昧らしい。本を書こうとしているそうだ。市井の歴史家というところかな。従姉に言わせると歴史オタクらしいけれど」

「歴史の研究家やオタクだったら、資料を探しに図書館や古書店を回ったりしたくならないんでしょうか？　遠方に古文書の調査に行く必要もありそうなのに」

「どうなんだろう。素人のわたしには判らないね」

住宅街の一角で車が停まった。濱地が伝えた住所に着いたのだ。想像していたよりずっと大きな邸宅の前で、門柱に〈黒津〉の表札が出ている。

「西洋館っていう感じですね。館と言うには小ぶりだけど。黒い瓦屋根だから西洋風でもない？」

ユリエは門前で、ぶつぶつと呟く。左右対称の二階建てで、正面中央に円筒形の塔屋が鎮座していた。それのために第一印象が西洋館になったのだろう。いずれにしても立派な家だ。

「こんなお屋敷ならば、籠城しても苦痛は少なそうだな。曜日ごとに寝室を替えられるぐらい部屋数があるだろう」

濱地がドアホンを押すと、「お待ちしていました」と女性の声が返ってきた。先ほど電話で聞いた野添季久子のものではない。

現われたのは、三十代半ばらしい長身の女性だった。目鼻立ちがはっきりとした美人なのだろうが、看病疲れと心労のせいか、目の下に隈ができている。白いブラウスには皺が寄り、身なりもかまっていられない、という様子だった。

「野添さんにお電話をいただいて参った濱地健三郎です。これは助手の志摩ユリエ」

探偵の挨拶に合わせて、小さく頭を下げる。そのタイミングがわずかに遅れた。開いた玄関の扉の向こうから、毒々しい邪気が漂ってくるのを感じ、気が逸れてしまったせいだ。

――キャンプ場にいた〈影〉とは違う。やばいのが奥にいる。

自分でさえ感じたのだから、濱地のセンサーが反応しないはずがない。

「丈弘の従姉で、黒津亜香音と申します」

相手がまだ何かを言おうとするのを、探偵は遮る。

「わたしをお呼びになったのは正しい判断です。はったりで言うのではありませんよ。玄関先に立っただけで、この家によからぬものがいるのが判ります。――野添さんはいらしていますか？」

亜香音は表情を曇らせ答える。

「つい先ほどいらっしゃいました。どうぞお入りください」

「丈弘さんがいるのは、お宅の右手奥の部屋ですね。そっちに何かいる」

探偵は駆けだしそうな勢いだったが、玄関脇に置かれたアルコールのボトルに目をやり、まずは手指を消毒した。ユリエも倣いながら、これから何と相対しても怯まないように心の準備をする。

スリッパに履き替え、赤い絨毯が敷かれた廊下を進んだ。奥まった部屋のドアが開いて、白衣の女性が出てくる。四十代半ばと思しい、柔和な顔立ちの看護師だ。濱地を見るなり、彼女は両手を合わせた。

「一刻千秋の思いでお待ちしていました。またお力を貸してください」

合掌したままの野添に、濱地は応える。

「春先からずっと、コロナでご苦労なさっているでしょう。医療関係の皆さんに感謝している者にできるのは、非医療関係の問題を取り除くことです。こっちは助手の志摩です。――行こうか」

コロナウイルス陽性患者がいて感染リスクがあることを示した区域を、医療機関ではレッドゾーンと呼ぶ。自分はこれから霊的レッドゾーンに入るのだ、とユリエは思った。

看護師の脇をすり抜け、濱地に続いて部屋に入る。正面の窓から棕櫚(しゅろ)が植わった庭が見えていた。患者はその前のベッドに点滴を受けながら横たわり、ぜいぜいと荒い息をしている。

ユリエは声が出そうになるのをかろうじて抑えた。患者の呼吸が乱れているのも無理はない。悪夢やホラー映画でも見たことがない奇怪なものが全身に覆いかぶさっているのだから。

青みがかった半透明のゼリー状で、ちょうど成人男性を包み込めるほどの大きさをしている。黒津丈弘を抱きくるみ、少しずつ形を変えながら蠢(うごめ)いていた。不規則に、絶え間なく。

「何なんだ、こいつは?」

濱地が言う。わざと声に出して、相手の反応を窺ったようでもある。はたして〈ゼリーの化け物〉は動きを止め、蛞蝓(なめくじ)の触角のようなものが一本立ち上がった。その先端が拳(こぶし)大にふくらみ、さらに形を変えていく。

——女の顔。

ひどく崩れた造形ながら、ユリエはそう認識した。

——女の顔をかたどった蠟燭(ろうそく)が、溶けて崩れかけているみたい。

触角の先の顔は、こちらを向いていた。目らしきものに注目すると、濱地に焦点を合わせているようだ。そうしたまま、いったん止めた蠢動を再開する。

「……どうですか？」

背後で野添の声がした。危険を感知できた看護師には、このとんでもないものが視えていない。だから逃げ出さず、患者のケアができていたのだ。

「野添さん。あなたもドクターも、患者さんの体に触れながらの診察や看護に支障はありませんでしたか？」

返事は「はい」だった。このぶよぶよとしたゼリー状のものを通して、患者の体に普通に触れられるのだ。あれは黒津丈弘だけに禍を為している。

――野添さんたちは平然と診察や看護をしていたんだ。視えないって、強い。だが、この〈ゼリー〉はいつ何がきっかけで標的を変え、襲いかかってこないとも限らない。

――視える方が、やっぱり強い。

自分に言い聞かせながら、どんな展開があっても慌てぬように気を引き締めた。あまりにもわけが判らない奴だ。次の瞬間に触角が伸びてきて嚙みつかれるかもしれないし、体の一部が飛沫になって飛んでこないとも限らない。

廊下にいる野添と亜香音に、探偵は言う。

「丈弘さんによくないものが憑いています。念じただけで退散するような代物ではなさそうだ。どういうものか探ってから対処の仕方を決めます」

「手間取りそうですか？」

患者の身を案じてのことだろう。野添は急いでもらいたがっている。

「なるべく時間は掛けたくないですね。少し観察してから、色々と試してみましょう」

壁際のテーブルの写真立てにユリエの目が留まった。写っているのは三十四、五に見える男性で、洒落たジャケットを着込み、モデル風にポーズを決めている。病床で苦しんでいる表情とは懸け離れているが、これが黒津丈弘か。

自分の写真を寝室に飾るとはナルシストだな、とユリエは思ったが、この写真の写りが幸運に恵まれたものだとしても、かなりの美男子である。黒津丈弘のキャラクターを頭の中でまとめてみた。

——歴史オタクで、インドア派で、美男子で、ナルシストで、遺産をどっさり相続した幸運児で、わけの判らない化け物に捉まって殺されかけている被害者。

彼の風貌も性格も趣味も、どうでもいい。大事なのは、ただちに救わなくてはならない、ということのみ。

「これって、幽霊ですか？」

濱地に小声で尋ねた。

「人間の思念をそう呼ぶのならイエスだ。性別は女。——亜香音さん、そこにいらっしゃいますね？」

濱地に呼びかけられて、「はい」と従姉が廊下で応える。

「病床のご本人は話せる状態ではないので、あなたに不躾なことを伺います。丈弘さんは女性関係でトラブルを抱えていましたか？」

「いいえ」即答だった。「女性には無関心で、友だちに紹介された人と交際しても短期間であっさり別れてばかり。典型的な草食系で、女性と遊ぶより自分独りで好きなことをしていたいタイプなんです」

「では、女性の恨みを買うこともありませんね。しかし、岡惚れされてストーカーに遭う場合も考えられる。とてもハンサムですから」

「一方的に惚れられて困っている、という話は、高校時代に一度だけ愚痴として聞いたことがありましたけれど、最近は耳にしていません。そういうことがあれば、彼、わたしにこぼしたと思うんです」

「仲がいいんですね」

「どちらも一人っ子で齢が近いし、お互いに友だちがいないもので」

家に引きこもっていたのなら街中でひと目惚れされる機会もないはずだが、塾や予備校で講師をしていた頃、同僚や職員、あるいは生徒に懸想された可能性もある。しかし、彼が仕事を辞めて悠々自適の生活に入ってから一年以上も経つ。今になって女の歪んだ想いが化け物に転じたというのも腑に落ちない。

「これだけ美男子で独身で裕福ならば、おかしな女が寄ってくることもあったのでは？」

「物欲しげに寄ってきても、すげなく撥ねつけたでしょう。彼は女と関わるのをすごく面倒臭がるんです。わたしは性格が男っぽいから懐いてくれています」

丈弘の女性関係を探っても脈がなさそうなので、濱地は質問の方向を変える。

「彼がお父さんから遺産を相続し、この家を購入したのは？」

「去年の五月ですから、一年三ヵ月前です」

「前に住んでいたのは、どういう人かご存じですか？」

「建材メーカーの社長さんです。ある特許ですごく儲けて、こんな大きな家を建てたんだそうです。……その人が女性にひどいことをして怨念が残っている、ということですか？　もうお亡くなりになっていますが」

亜香音は質問の意図を見透かしたようだ。濱地が答える前に、続けて言う。

「その社長さんの道楽は、本を集めることでした。大変な読書家だったそうですけれど、とにかく読むにも増して本を買うのが好きで、何万冊も収納できる書庫を作っています。歴史家になりたがっている丈弘は、その書庫が気に入ってここを買ったんです。本集めを道楽にしていた社長さんが女誑しだったとして、恨んだ女の怨念がこの家に取り憑いたりするんでしょうか？　取り憑いていて、誰彼かまわず襲うようになっていたとしても、丈弘が引っ越してきて一年三ヵ月も経ってから出てくるのは――」

「何かの拍子にスイッチが入ったのかもしれない。思い当たることはありませんか？」

「わたしに訊かれても困ります」

丈弘にすべき質問なのは、濱地も承知しているはずだ。しかし、それが今はできない。

「野添さんから聞いたところによると、丈弘さんに異変が起きたのは三日前だそうですね」

「はい、朝一番に。『熱がある。感染したかも』と電話が。近くのクリニックに先に連絡をしていました」

コロナに感染したと思われたので、亜香音は見舞いや看護に行くこともできず、続報を待った。昨日の朝になって『陰性でした』と野添から知らされて、やっと様子を見にこられたのだ。

「発熱する前に、何かふだんと違ったことがあったと聞いていませんか？」

「いいえ」

「些細なことが突拍子もない結果を招いているのかもしれない。よく思い出してください」

「と言われても……」

ベッドの上の〈ゼリー〉は、触角をゆらめかせて濱地を見つめている。探偵はそれから目を逸らさず、亜香音への質問を次々に繰り出した。

「四日前に、ここにお客がきたと話していませんでしたか？」

「いいえ」

「工事の業者などもいなかった？」

「外部の人は中へ入れないようにしていました。電気、ガス、水回り、ネット環境に関わることなら業者を呼んだかもしれませんけれど、どれも異状はありません」

「丈弘さんは、食料や日用品の調達に出掛けることもあったはずです。四日前にふだんと違うところへ行ったりしていませんでしたか？」

「食べ物も日用品も、出歩かずに済むネット通販を活用していました。何かを買いに出たとしても近所のいつもの店だと思いますが」

「ネット通販で特別な買い物をしたということは？」

「潰して畳んだ段ボール箱が、向こうの部屋に重ねてありました。お米やら衣類やら本やらで、変わったものは見当たりません」

最初からそうだったのか、どこかで意識がはっきりしたのか、丈弘には濱地らのやりとりが聞こえているらしい。もどかしげな顔になって、亜香音が答える都度、わずかにかぶりを振っているように見えた。

――答えるたびに首を振るということは、亜香音さんは出発点から間違っているということ？

ユリエは記憶を再生しつつ、思考を巡らせる。女性関係や前の住人についての話をしている際、丈弘はただ唸(うな)っているだけだった。打ち消したいのは、それより後に出た話ではないのか。

濱地も同じことを考えたのか、強い口調で占い師に確認する。

「もう一度伺います。丈弘さんがこうなる前に、ふだんと違うことがあったのではありませんか？　その事実が彼から伝わっているはずなのに、あなたは忘れている」

ユリエは蠢く〈ゼリー〉に包まれた男の反応に注目していたが、イエスもノーもなかった。〈ゼリー〉の蠢きが活発になったせいなのか、ぐったりとなってしまい、顔に苦悶(くもん)の表情を浮かべるだけだ。

「言い切られても……。ふだん彼とはＳＮＳでやりとりしています。スマートフォンの履歴をお見せしてもかまいませんが、変わったことは書いてありませんよ。ああ、四、五日前に短い電話をしましたね。ふるさと納税のお肉がダブって届いたので、お裾分(すそわ)けしてあげようと――」

パソコンがフリーズしたかのごとく、亜香音の言葉が途切れた。濱地がちらりと廊下の方を向く。

「どうしました？」

「思い出しました。その電話の中で、彼が気になることを言っていたのを。『引っ越してきて一年以上も経ったのに、この家にはまだ発見があるね』とか。どういうことかと尋ねたら、『うちにくる機会があれば披露するよ』って」

探偵は、ゆっくりと大きく息を吸った。

「丈弘さんが言った発見とはどういうものか、あなたに見当がつきますか？」

「さあ。これだけ広い家ですから、住んでみて初めて気づくことが色々とあったようです。思っていたより使い勝手がいいとか、よくないとか。売買を仲介した不動産屋さんから説明を受けていないことも多々あったみたい。よかった例の方が多くて、たとえば、書斎の机の抽斗（ひきだし）が二重底になっていて珍しい切手が出てきたとか、洋風の庭なのに一画に水琴窟（すいきんくつ）があったとか。水琴窟ってご存じですか？」

「地中に埋めた甕（かめ）にぽたぽた水が滴って、風流な音がする仕掛けですね。——丈弘さんが新たな発見をしたのは、いつのことでしょう？」

「電話で話した時、『ついさっき見つけたんだ』と言っていました」

「四、五日前とおっしゃいましたが、正確には？」

亜香音はスマートフォンを確認してから、「四日前です」と答える。

濱地が低く唸ったので、ユリエは訊かずにいられなかった。

「丈弘さんが見つけた何かが、アレと関係しているんですか？」

「そんな気がしてならない。丈弘さんは、いわば寝た子を起こしたんだろう。彼が何を見つけたのか、どんな行動を取ったのかが知りたいんだが……難しいね。話を聞ける状態じゃない」

「どうしますか？」

「当たって砕けるしかない。アレがどこから這い出してきたのか判らないが、何とかなるだろう。いつも相手の素性を確かめてから手合わせしているわけでもない。とりあえず、きみは見ていてくれ」

探偵はベッドの脇まで進み、〈ゼリー〉に右手を伸ばした。あっと声を出す間もない。その一端が持ち上がったかと思うと、濱地の腕に巻きつき、ずるずると肩まで這い上がる。

「先生！」

想定内だよ、と応えてもらいたかったが、どうやらそうではない。ボスの顔には、いつにない戸惑いの色が浮かんでいた。

一歩、二歩と後退する濱地。〈ゼリー〉は丈弘の体を離れ、探偵の脚に、左腕に吸いつく。振り払おうとしても無理らしい。

――もしかして、先生もどうしていいのか判らなくなっている？　そんな！

あってはならない、あるはずがないと思っていた事態だった。自分が飛びついて引き剝がせるものならそうしたいが、二人とも呑み込まれてしまいそうで足が動かない。

「どうしたんですか⁉」

狼狽するユリエを見て、野添が叫ぶが、それに応答することもできなかった。

〈ゼリー〉は丈弘から完全に離れ、床を這い進んで濱地の全身を包みつつある。崩れた女の顔がある触角はくねくねと動きながら、獲物の顔を覗き込んでいた。

「〈アレ〉呼ばわりがお気に召さなかったのか。それとも、いい男に抱きつく習性があるのか。どっちだろうね」

ボスはいつもの穏やかな口調で言うが、ユリエが見たことのない皺が眉間に浮かんでいる。〈ゼリー〉は顎まで上がってきた。

「ああ……」という声に振り向くと、丈弘が放心した様子で天井を見上げていた。こちらは解放されたのだ。それはよかったが、このままでは濱地が身代わりになってしまう。

「わたし、どうすればいいですか？」

指示を仰ぐが、濱地はもはや答えられない。〈ゼリー〉はマスクをした口元に達し、彼から言葉を奪っている。非常事態の四文字が頭の中で激しく点滅した。

探偵は、まとわりついたものを懸命に払い落とそうとし続けているが、もがいても埒が明かないようだ。いつにない苛立ちを隠そうとしていない。

――自分にできることは何？　先生が落とせないものを取り除ける気がしない。

意味もなく室内を見回していて、丈弘と目が合った。まだ朦朧としているようだが、意思の疎通ができそうだ。今起きていることについて説明をする時間の余裕はないから、いきなり質問をぶつけた。

「教えてください。四日前、亜香音さんに電話で言いましたね。この家で何か見つけた、と。――わたしの声、聞こえていますか？」

声に出しては答えず、うんうん、と頷いた。

「どこで何を見つけたんですか？　あなたの具合が悪くなったことに関連がありそうなんです」

問われた男の下顎が、小さく動く。発語できないのかと気落ちしかけたところで、声が出た。

「……書庫の奥。右手の……。本棚がスライドして……階段が……。」

彼はそれだけ答えるのが精いっぱいと判断し、ユリエは廊下の亜香音に言った。

「書庫に案内してください」そしてボスに。「隠し部屋か何かがあるようです。見てきます」

濱地は応えられない。マスクがずれて覗いた唇を固く結び、あたかも水中で息を止めているようだった。

書庫は屋敷の反対側にあるという。亜香音を急き立てながら、ユリエは廊下を走った。

「ここです」と通されたのは、重厚な書棚がずらりと並んだ部屋で、高校の図書室を思わせた。丈弘の蔵書は棚のすべてを埋めるほどではなく、本が収まっているのは全体の四割ほどか。日本史関係の書籍が大半で、少なくとも歴史の研究家の端くれであることが窺える。

右の壁面の書架に沿って奥へと進んだ。突き当たりの棚の前まできたが、一見したところ変わった点はない。ぎっしり詰まった本を何冊か抜き取り、スライドするかを試したがびくともしなかった。これではない。

――落ち着いて。

棚をスライドさせて開くと階段があるということは、降り口を設けるだけのスペースがなくてはならない。だから、庭に面した側ではなく、隣室との間の壁を厚くして隠された空間を作っているのだ。そちらの棚を検めていく。伸び上がったり屈んだり、視線の高さを変えることによって、ある棚板の下に黒いスイッチを見つけた。

開けてよいものなのか？　事態をより悪化させるのでは、と迷うこともなく押した。

機械音とともに棚一連が、滑らかに後退し始める。五十センチほどバックして止まり、それから右へ。この動きを丈弘はスライドと表現したのだ。

現われたのは半畳くらいの空間。左手に頑丈そうな扉があった。丈弘はこれを開け、さらに奥に階段を発見したのであろう。

扉を開け、階段を下りて調べるか、秘密の扉を見つけたことを濱地にまず報告するべきか。逡巡は長く続かない。スリッパの足音に振り返ると、〈ゼリー〉をまとった探偵の姿があった。顔が露出していて、話せるようになっている。

「地獄の門はそれか」

蹌踉とした足取りながら、探偵はこちらに向かってくる。〈ゼリー〉が彼を奈落に引きずり込もうとしているのか、とユリエは戦慄する。

「志摩君、勘違いしていないか？　わたしがこいつを捉まえているんだ。書庫へ向かいかけたら、ひどく抵抗してね。そこから現われたくせに、戻るのを嫌がっている。閉じ込められたら出られないんだろう」

「……どういうことですか？」

濱地は呼吸を整えられないようだが、声は明瞭だ。

「このレディが何なのか知る術はないが、地下に幽閉されているうちに、こんな形になり果てたんだろう。こうなってはどんな無念や願望を持っていたのかも訊けず、悪さを為すのなら檻に戻すしかない。――志摩君、下がってくれ」

　青っぽく半透明のものは波打つように蠢き、触角はのたくっていた。怒っているようでもあり、怯えているようでもある。二つが入り混じっているのだろう。

　開いた棚の前を離れ、彼が通れるよう場所を空けたユリエの胸に、それでいいのか、という疑念が湧き起こる。扉の向こうに入った後、濱地はまとわりついたものを引き剝がして、自分だけこちらに戻れるのか？　可能だという確信は彼自身にもないかもしれない。

「わたしが中に入ったら本棚を閉めるんだ。絶対に開けてはいけない」

「先生はどうするつもりですか？」

「こいつと檻の中で暮らすつもりはない。地下に突き落とし、閉じ込めたらきみを呼ぶ。そうしたら本棚を開けてくれたまえ。思うより時間が掛かっても、辛抱強く待つこと。いいね？」

　濱地の体が本棚の向こうに入る。〈ゼリー〉の一端が伸びて書庫内に留まろうとするが、探偵が邪険に摑んで引き戻した。

「閉めて」

　命じられ、スイッチを押した。濱地が視界から消えた途端、背筋がぞっとする。不吉にも、今見たのが彼の最後の姿になるような気がしたのだ。

ユリエは本棚に耳を押し当て、中の様子を探る。そんな彼女を、廊下から亜香音が心配そうに見ていた。

中の扉が軋(きし)んで開いたらしい。スリッパが脱げたのか、何か軽いものが階段を落ちていく音がする。探偵は地下へと向かったのか？　いや、まだ近くにいる。激しく抵抗されて手こずっているのかもしれない。

耳を澄ますと、濱地の息遣いが聞こえた。禁を破り、飛び込んで助太刀をしたいのに、「絶対に」と命じられているから動けない。無力感ともどかしさが抑えられず、ユリエは本棚を掌で何度も叩いた。

気づくと濱地の気配が遠ざかっていた。階段をいくらか下りたところで格闘が続いているようだ。檻に戻るのが嫌で、アレが懸命に抗(あらが)い、離れないのか。

——あんなものはいない。わたしは存在を否定する。

危険な霊と戦った際、そう念じるように濱地が命じたことがあった。やってみるが手応えは得られない。それでも一心に念じる。

濱地の気配が感じられなくなった。もう階段にはいないようだ。

途方もなく長く感じられる時間が経過したところで、意外な音がした。バキリと何かが折れる音。濱地が背骨をへし折られたのか、とユリエは悲鳴を呑み込んだ。

しばしの静寂。

「志摩君、終わった」

その声が聞こえた時は、全身の力が抜けてしまった。本棚が開くと、疲れた表情ではあったが、変わらぬ姿で濱地が出てくる。

「アレは……どうなったんですか?」

「消したよ。地下に閉じ込めようとしても逆らって動かないから、力ずくで決着をつけた。それでよかったと思う。『本棚の奥の扉さえ開けなければ平気ですよ』と言われても、丈弘さんは『ああ、そうですか』と安心して、ここに住み続ける気になれないだろうから」

疲労困憊(こんぱい)している様子のボスに、つい質問を重ねてしまう。

「階段の下はどうなっていたんですか?」

「真っ暗で何も見えなかったんだが、六畳もない小部屋で、壁も床もコンクリートのようだった。アレを閉じ込めるために作られたものなのか、もとは物置だったのかも判らない」

「アレはいったい……」

「正体は永遠に謎だ。前の所有者が故人になっているし、生きていて話を聞けたとしても答えを知っていたかどうか。今回の案件はたくさん謎が残ったね。こんなケースもある」

「バキリと何かが折れるような音がしましたけれど、あれは？」

「夢中だったので覚えていない」

これも謎のままのようだ。

戸口から顔を覗かせている亜香音に、濱地は事態が終息したとだけ伝えた。

「ひどくお疲れのようですね。冷たい飲み物をお持ちします」

亜香音は身を翻し、入れ替わりに野添がやってきた。丈弘の容態は好転し、空腹を訴えているという。

「さすがは濱地さんです。何が起きたのかわたしにはよく判りませんけれど、もう解決したんですね。ああ、よかった」

「手こずりましたが任務完了です。こちらの方面はこれからもお任せください」

「こんなものしか冷蔵庫になくて」と恐縮しながら、亜香音がミネラルウォーターのボトルとグラスを持ってきた。ユリエが受け取り、グラスに注いで濱地に手渡す。濱地はひと息に飲み干してから、助手に言った。

「きみの助太刀は効いたよ。ありがとう」

「本当ですか？」

安堵とともに、ようやく胸の動悸が収まってきた。

「怪異はどこからやってくるか予想がつきませんね。人恋しくて山から下りてきたり、家にこもっていても隠し部屋から這い出してきたりして」

「きみの家は大丈夫かな？」

大真面目な顔で訊かれて、笑ってしまった。

「住んでいて気づかない隠し部屋があったらびっくりします。ワンルームマンションですから」

一つ冒険が終わった。

しかし、また何かが現われて、誰かが心霊探偵を呼ぶだろう。

下りてきたり、這い出してきたりする。

次は――どこから？

あとがき

本書は、心霊探偵・濱地(はまじ)健三郎(けんざぶろう)を主人公としたシリーズの第三短編集にあたる。収録作品はいずれも『怪と幽』誌に発表したもの。前の二冊『濱地健三郎の霊(くしび)なる事件簿』『濱地健三郎の幽(かくれ)たる事件簿』にはそれぞれ七編が収められていたが、今回は一編ずつの枚数が少し増えたために六編の収録になっている。

濱地はシリーズ外の『幻坂』という短編集の二編にも登場しているので、それを合わせると計二十二編で怪異と相対したことになるわけだが、当初はこれほどの本数を書くとは思っていなかった。怪談のようでもありミステリーのようでもあり、結局どちらでもない。そんな両者のあわいを漂う面白さを今しばらく探ってみたい。

引き続き読者の皆様のご支持を御願い奉ります。

こういうあとがきで、「あの作品を書いている時、身辺で妙なことが起きまして」などというエピソードを披露するのも一興だろうが、まことに不調法なことに、この作者はそういうネタを持ち合わせていない。強いて挙げると——。

明け方、パソコンのキーを叩いていたら、誰かがものすごい速さ――テープを早送りで再生したような感じ――でしゃべっている微かな声が聞こえることがあるぐらいだ。傍らのテレビから聞こえてくるようなのだが、電源は入っていないし、スピーカーや画面に耳を近づけるとテレビから発していないのが確認できる。しかし、どこからか声らしきものは聞こえてくるのだ。

あれは何なのか？　頭の中に濱地を呼び出して尋ねたら、返ってきた答えは「加齢のせいですよ」という大雑把なものだったので、いまだに釈然としない。……この話、実はちょっと怖いので、このあたりにしておく。

実生活では怪異と縁のない作者ではあるけれど、濱地を呼び出しながら、自分が創った架空の人物ながら、彼のような存在がいてくれたらいざという時に心強いだろうな、と思った。殺人事件を扱うのが得意なミステリーの名探偵が友人にいるより頼もしいのではないだろうか。

お読みいただいたらお判りのとおり、本書に収録した短編はどれもコロナ禍のさなかを舞台としている。もとより浮世離れした物語だから、新型コロナウイルスなんて作中の世界には存在しません、というスタンスで書くこともできたのだが、非常事態下で怪異はどんな顕われ方をするのかを描く機会と捉えて、積極的に取り込んだ。

「ステイホーム」「おうちにいましょう」と言われても、家に怖いものがいたら？

外出自粛したら逃げ出せず、追い詰められてしまう。児童虐待、家庭内暴力の危険に晒される人たちについての懸念は、現実の問題としてあった。濱地は霊的なトラブルが専門だが、そんな状況にあっても頼れる存在として彼を描いてみた。

冒頭の『リモート怪異』を書いたのは、私自身が初めてリモートでの打ち合わせを経験した直後だ。ソファに座ってノートパソコンに向かっていたら、モニター画面に映る自分の背後がやけに気になったことから着想を得た。随分と以前のことのように思えるのに、本書が出る頃にもまだコロナ禍が去っていないとは、しつこい。

思えば、第二短編集『幽たる事件簿』が発売されたのは二〇二〇年春の緊急事態宣言下で、都心部の大型書店の多くが休業中だった。紳士の濱地であっても「やれやれ。いい加減にしてもらいたいですね」と愚痴りそうだ。

タフな心霊探偵も全知全能ではないし、動揺することもある。本書で彼がそんな一面をちらりと覗かせるのも、長引く疫禍が関係しているようだ。目に視えず、どこからともなく忍び寄ってくるウィルスは、怪異にとって具合のいい乗り物でもあったのだろうか。

次にいかなる案件が濱地探偵事務所に持ち込まれるのか、まだ判らない。世界がコロナ禍の暗いトンネルを抜け、探偵と助手が心置きなく現場に馳せ参じる場面を書くために、心の準備をしておこう。怪異も鬱陶しい頸木から解放されて、人知を超えた力を増しているかもしれない。

前作に続き、表紙カバーは鈴木久美さんの装丁とQ－TAさんの装画によるものです。深く感謝いたします。様々なモチーフが三重になっているのは、視える・視えない・その狭間の三つの状態を表現しているそうです。

雑誌掲載時には、『怪と幽』編集部の今井理紗さん、白鳥千尋さんにお世話になり、単行本化にあたっても白鳥さんのお手を煩わせました。拝謝。

最後になりましたが、お読みいただいた皆様へ。

ありがとうございます。

二〇二二年八月十一日

有栖川有栖

文庫版あとがき

このシリーズも本書で三冊目。何編ぐらい書くかをあらかじめ決めていたわけではないが、濱地健三郎とは思っていた以上に長い付き合いになっている。『幻坂』所収の「源聖寺坂」で彼がお目見えしたのは二〇一〇年だった（当初はシリーズ化を想定していなかった）。

シャーロック・ホームズ譚のごとく、濱地が様々な案件にぶつかり、思いがけない形で解決していくエピソードを書き続けてきた。彼にまつわる大きな物語を用意しているわけではないのだが――。

この探偵の出自や探偵事務所を構えた経緯など、作者自身、ふと気になったりもする。他にも意味ありげに欠落した情報がいくつかあるのだけれど、いずれ作品の題材にするかもしれないので、ここでは伏せておきたい。

「あれやこれやの謎の答えは、書いているうちにぼんやり見えてくるだろう。書いているうちに無造作にこしらえた設定が面白い意味を持つことも珍しくない」と思っていた。しかし、濱地のガードはなかなか固くて、「要するに、こんな感じなんでしょ」

という背景すら見えてこないのだ。

「それはそうでしょう。あなたとの付き合いは、まだ浅い」

彼にそう言われているようで、ならばもうしばらく観察してやろう、という気になっている。読者の皆様がそんな作者とこのシリーズに今後も寄り添ってくださいますように、と希いながら。


文庫化にあたっては、今回も大路浩実さんにこのシリーズらしい装幀を手掛けていただきました。濱地が愛でるガレのランプが妖しげ……。

織守きょうやさんにあのような解説をいただけたのは過分のことで、光栄の至りです。今後の励みにします。

そして、今回も角川文庫編集部の光森優子さんに大変お世話になりました。

末尾ながら記して、深く感謝申し上げます。

二〇二四年十二月五日

有栖川有栖

解説

織守きょうや（小説家）

有栖川有栖作品の魅力というと、多くの読者の頭にまず浮かぶのは、ロジカルでスマートな謎解きだろう。もちろん、氏が稀代の本格ミステリの書き手であることに疑いはない。しかし、氏の作品のよさが、謎と解決だけにあるのではないこともまた、読者は皆知っている。それだけが魅力の作家だったら、本格ミステリ以外の作品がこんなにおもしろいわけがないのだ。たとえば、人間や社会に対する、どこかシニカルな、それでいて、あたたかみのある視点。知的で上品な文章。その中に紛れ込んでいる――ように見せかけて、もちろん、意識的に配置されている――はっとする一文。そして、魅力的なキャラクターとウィットに富んだ会話。それがどんなジャンルであっても、ああ、有栖川有栖の世界だ、と嬉しくなる。本書においてもそれらは健在である。

本格ミステリ作家は人間が書けない、などと言われた時代があったなんて信じられないほど、有栖川有栖は人間を書くのがうまい。本書を読んで、改めて実感した。チャーミングな人物も、そうでない人物も、普通の人間のふとした感情の描写も、とてもリアルだ。依頼人やその関係者たちについては、毎回それほど細かく描きこまれているわけではない。しかし、たとえば怪異や心霊探偵に対する反応のわずかな描写だけでも、彼らがどんな人間なのかが浮かびあがってくる。生きた人間がそこにいると思うからこそ、読者も、彼らが直面する怪異を恐ろしく感じるのだ。

　シリーズを通して登場するメインキャラクターたちは、さらに生き生きと描かれている。探偵助手の志摩（しま）ユリエ、その交際相手の進藤叡二（しんどうえいじ）、探偵と協力関係にある赤波江（あかばえ）刑事など、善良で、一生懸命で、読んでいて思わず好きになってしまう。中でも、何と言っても魅力的なのは、異才の探偵・濱地健三郎（はまじけんざぶろう）だ。作中では、ユリエや依頼者や協力者たちから見た彼が語られるばかりで、彼自身の心情・内面は描かれないが、その謎めいた佇（たたず）まいもまた彼の魅力だ。彼は、この作品そのもののように、知的で上品で、そして、とても頼もしい。

　そう、いわゆる本格ミステリではないとは書いたものの、本書を含む濱地健三郎シリーズには、魅力的な謎や事件も、それを解決する、魅力的な探偵も登場する。しかし、その事件は、ほかのどの有栖川作品とも違う、特殊な事件である。相談者を害する怪異の正体は何なのか。何故その場に、その霊は、その姿で現れるのか。霊の姿が視え、怪異の存在を感じとれなければ、そもそも調査や推理のしようがない。どんなに優秀な頭脳を持った探偵でも、たとえば火村英生や江神二郎といった名探偵たちにも、解決できない。怪異に悩まされる人々を救うことができるのは、あらゆる意味で、心霊探偵濱地健三郎だけなのだ。

濱地は、前二作においても、たくさんの人や、ときには霊を救ってきたが、シリーズ第三作となる本書では、ますますバラエティに富んだ事件が彼のもとへ持ち込まれる。コロナ禍の時期が舞台になっているから、事件も世相を映したものが多いのが印象的だ。連作形式になっていて、前二作を未読でも、本書から問題なく楽しめる。以下、各話について読みどころを簡単に紹介する。

＊これから、内容に触れます。前情報なしに本編を読みたいという方は＊＊まで飛ばしてください。

一本目の「リモート怪異」では、ユリエの先輩によって、コロナ禍中のオンライン飲み会で起きた怪現象が語られる。話を聞くのはユリエだけで、濱地は直接関わらないが、怪現象の真相を解き明かしつつ、怪異の存在、その可能性自体は否定しない、こういったホラーミステリは、個人的に、まさに好きなタイプの話だ。ユリエの視線のあたたかさもあって、怖い話としては描かれていないかもしれないが、オンライン飲み会やオンライン会議をよくする読者は、自分と重ねて少し背筋がひんやりしたのではないか。

二本目、「戸口で招くもの」には、本書の中でも特にビジュアルインパクトが強い怪異が登場するが、それ以上に、死体の発見より先に首と両手首のない幽霊が現れ、殺人事件が起きたことを知るという、本シリーズならではの展開がいい。「首のない霊がいるから、これから首のない死体が見つかるはず」という理屈は、なかなか、ほかのシリーズでは書けないだろう。殺人事件の真相以上に、幽霊が何故そういう行動をとるのか、という謎の、グロテスクな見た目と裏腹な理由がどこか物悲しく、印象に残った。

三本目、「囚われて」は、逆転の発想がおもしろい。こういうことが起こりうる、という話は、実はかつて、私も某所で書いたことがある。しかし、その「当事者」から「タスケテ」と電話がかかってくる、というのは、濱地という存在があってこその導入だ。事件の渦中にいながら怪異の存在を信じない人物の呑気さが、その背後で起きていた現象の恐ろしさを際立たせている。

四本目「伝達」は、濱地と協力関係にある刑事・赤波江の魅力が伝わる一篇だ。メインエピソードは彼が遭遇した事件で、それを解決する過程で語られる「信じられない偶然」についての話や、それに対する濱地の反応も印象的だが、赤波江が立ち寄ったおでん屋で聞いた話がまたおもしろい。「蕎麦を食う音がずれる」という怪現象は、実際に遭遇すれば不気味だが、聞いている分にはどこかおかしみや、風情がある。こういった小さなエピソードのおもしろさも、本シリーズの魅力の一つだ。

五本目「呪わしい波」で描かれる、幻の波が寄せてきて布団を浸すという怪異もまた興味深い。しかし、その背景には人の悪意がある。読みながら、怪異を悪用する人間の存在に恐れや怒りを感じるとともに、ああ、この世界に濱地がいて、この人が濱地に出会えてよかったとほっとした。

六本目にして最終話の「どこから」では、濱地は二つの事件を解決する。一つ目の事件では、悪さをする霊を撃退した後、それが何故、どこから来たのかについて、濱地の推測が語られる。しかし、二つ目の事件において、濱地はある遺産を相続した男にまとわりつく怪異と対決し、依頼通りに撃退するものの、その正体については謎が残る。濱地でも、何でもわかるわけではないのだ。濱地自身は、それをそれとして受け容れているようだが、読者は、かつてそこで何があったのかについて想像してしまう。読み終わると、「どこから」という、シンプルかつ意味深なタイトルが、より不気味に感じられる。

＊
＊

シリーズ第三作となる本書で、彼のもとへ持ち込まれる怪異は、不気味な動きを繰り返す首と両手首のない霊や、すでに人の姿をとどめていないものなど、これまで以上にグロテスクだ。人に対して明確な害意のある危険な怪異と探偵が直接対決することも増えた。その怪異が何故そのような姿をしていて、何故そこに出るのか、ときには、濱地にもはっきりしないまま、ただ消し去るのが精いっぱいのこともある。それでも彼は必ず依頼人を助けてくれると、読者はわかっているから、どんなに恐ろしい怪異が登場しても、安心して読むことができる。探偵の存在が、事件の関係者たちだけでなく、読者にとっても、救いとなっている。

ところで、本書では、はじめて、そんな彼が怖いと感じるものが語られる。超然としているように見える彼の恐れるもの——たった一つの情報だが、それだけで、この探偵の人間らしさを垣間(かいま)見ることができたような気がする。彼の素性や過去について、いつか語られる日が来るのかはわからない。しかし、たとえこの先語られることはなくても、本書で明かされた小さな弱みによって、間違いなく、濱地健三郎という人物はより深みを増した。火村シリーズにおける悪夢と、隠された過去や、江神シリーズにおける探偵の家庭環境、母親の予言が、探偵たちを無敵のヒーローではなく、生きた人間にしているように。この比類なき探偵の、次なる活躍を楽しみにしている。

＊本書は、2022年9月に小社より刊行された単行本を、加筆修正の上、文庫化したものです。

【収録作品初出一覧】

リモート怪異	「怪と幽」vol.5（2020年8月刊行）
戸口で招くもの	「怪と幽」vol.6（2020年12月刊行）
囚われて	「怪と幽」vol.7（2021年4月刊行）
伝達	「怪と幽」vol.8（2021年8月刊行）
呪わしい波	「怪と幽」vol.9（2021年12月刊行）
どこから	「怪と幽」vol.10（2022年4月刊行）

濱地健三郎の呪える事件簿

有栖川有栖

令和7年 1月25日 初版発行

発行者●山下直久

発行●株式会社KADOKAWA
〒102-8177 東京都千代田区富士見2-13-3
電話 0570-002-301(ナビダイヤル)

角川文庫 24489

印刷所●株式会社暁印刷
製本所●本間製本株式会社

表紙画●和田三造

ISBN 978-4-04-114869-3 C0193

◇◇◇

角川文庫発刊に際して

角　川　源　義

第二次世界大戦の敗北は、軍事力の敗北であった以上に、私たちの若い文化力の敗退であった。私たちの文化が戦争に対して如何に無力であり、単なるあだ花に過ぎなかったかを、私たちは身を以て体験し痛感した。西洋近代文化の摂取にとって、明治以後八十年の歳月は決して短かすぎたとは言えない。にもかかわらず、近代文化の伝統を確立し、自由な批判と柔軟な良識に富む文化層として自らを形成することに私たちは失敗して来た。そしてこれは、各層への文化の普及滲透を任務とする出版人の責任でもあった。

一九四五年以来、私たちは再び振出しに戻り、第一歩から踏み出すことを余儀なくされた。これは大きな不幸ではあるが、反面、これまでの混沌・未熟・歪曲の中にあった我が国の文化に秩序と確たる基礎を齎らすためには絶好の機会でもある。角川書店は、このような祖国の文化的危機にあたり、微力をも顧みず再建の礎石たるべき抱負と決意とをもって出発したが、ここに創立以来の念願を果すべく角川文庫を発刊する。これまで刊行されたあらゆる全集叢書文庫類の長所と短所とを検討し、古今東西の不朽の典籍を、良心的編集のもとに、廉価に、そして書架にふさわしい美本として、多くのひとびとに提供しようとする。しかし私たちは徒らに百科全書的な知識のジレッタントを作ることを目的とせず、あくまで祖国の文化に秩序と再建への道を示し、この文庫を角川書店の栄ある事業として、今後永久に継続発展せしめ、学芸と教養との殿堂として大成せんことを期したい。多くの読書子の愛情ある忠言と支持とによって、この希望と抱負とを完遂せしめられんことを願う。

一九四九年五月三日

角川文庫ベストセラー

濱地健三郎の霊（くしび）なる事件簿　有栖川有栖

心霊探偵・濱地健三郎には鋭い推理力と幽霊を視る能力がある。事件の被疑者が同じ時刻に違う場所にいた謎、ホラー作家のもとを訪れる幽霊の謎、突然態度が豹変した恋人の謎……ミステリと怪異の驚異の融合！

濱地健三郎の幽（かくれ）たる事件簿　有栖川有栖

南新宿にある「濱地探偵事務所」には、今日も不可思議な現象に悩む依頼人や警視庁の刑事が訪れる。年齢不詳の探偵・濱地健三郎は、助手のユリエとともに、幽霊を視る能力と類まれな推理力で事件を解き明かす。

幻坂　有栖川有栖

坂の傍らに咲く山茶花の花に、死んだ幼なじみを偲ぶ「清水坂」。自らの嫉妬のために、恋人を死に追いやってしまった男の苦悩が哀切な「愛染坂」。大坂で頓死した芭蕉の最期を描く「枯野」など抒情豊かな9篇。

海のある奈良に死す　有栖川有栖

半年がかりの長編の見本を見るために珀友社へ出向いた推理作家・有栖川有栖は同業者の赤星と出会い、話に花を咲かせる。だが彼は〈海のある奈良へ〉と言い残し、福井の古都・小浜で死体で発見され……。

朱色の研究　有栖川有栖

臨床犯罪学者・火村英生はゼミの教え子から2年前の未解決事件の調査を依頼されるが、動き出した途端、新たな殺人が発生。火村と推理作家・有栖川有栖が奇抜なトリックに挑む本格ミステリ。

角川文庫ベストセラー

角川文庫ベストセラー

狩人の悪夢
有栖川有栖

ミステリ作家の有栖川有栖は、今をときめくホラー作家、白布施と対談することに。「眠ると必ず悪夢を見る」という部屋のある、白布施の家に行くことになったアリスだが、殺人事件に巻き込まれてしまい……。

こうして誰もいなくなった
有栖川有栖

孤島に招かれた10人の男女、死刑宣告から始まる連続殺人――。有栖川有栖があの名作『そして誰もいなくなった』を再解釈し、大胆かつ驚きに満ちたミステリにしあげた表題作を始め、名作揃いの贅沢な作品集！

Another (上)(下)
綾辻行人

1998年春、夜見山北中学に転校してきた榊原恒一は、何かに怯えているようなクラスの空気に違和感を覚える。そして起こり始める、恐るべき死の連鎖！　名手・綾辻行人の新たな代表作となった本格ホラー。

Another（アナザー） 2001 (上)(下)
綾辻行人

夜見山北中学三年三組を襲ったあの〈災厄〉から3年。春からクラスの一員となる生徒の中には、あの夏、見崎鳴と出会った少年・想の姿があった。〈死者〉が紛れ込む〈現象〉に備え、特別な〈対策〉を講じるが……。

深泥丘奇談（みどろがおかきだん）
綾辻行人

ミステリ作家の「私」が住む〝もうひとつの京都〟。その裏側に潜む秘密めいたものたち。古い病室の壁に、長びく雨の日に、送り火の夜に……魅惑的な怪異の数々が日常を侵蝕し、見慣れた風景を一変させる。

角川文庫ベストセラー

遺体鑑定医 加賀谷千夏の解剖リスト　小松亜由美

研ぎ澄まされた観察眼と、卓越した指先を持つ法医解剖医・加賀谷千夏。彼女のもとに持ち込まれるさまざまな異状死体には、意外な死の真相が隠されている。圧倒的なリアリティで描き出す、法医学ミステリ！

ホテルジューシー　坂木司

天下無敵のしっかり女子、ヒロちゃんが沖縄の超アバウトなゲストハウスにて繰り広げる奮闘と出会いと笑いと涙と、ちょっぴりドキドキの日々。南風が運ぶ大共感の日常ミステリ!!

肉小説集　坂木司

凡庸を嫌い、「上品」を好むデザイナーの僕。正反対な婚約者には、さらに強烈な父親がいて――。（「アメリカ人の王様」）不器用でままならない人生の瞬間を、肉の部位とそれぞれの料理で彩った短篇集。

鶏小説集　坂木司

似てるけど似てない俺たち。思春期の葛藤と成長を描く（「トリとチキン」）。人づきあいが苦手な漫画家が描く、エピソードゼロとは？（「とべ　エンド」）。肉と人生をめぐるユーモアと感動に満ちた短篇集。

きのうの影踏み　辻村深月

どうか、女の子の霊が現れますように。おばさんとその子が、会えますように。交通事故で亡くした娘を待ちわびる母の願いは祈りになった――。辻村深月が〝怖くて好きなものを全部入れて書いた〟という本格恐怖譚。